우연.

삶의 여백

우연, 삶의 여백

1판 1쇄 발행	**2024년 2월 5일**
지은이	이춘희
발행인	이선우
펴낸곳	**도서출판 선우미디어**

등록 ｜ 1997. 8. 7 제305-2014-000020
02643 서울시 동대문구 장한로 12길 40, 101동 203호
☎ 2272-3351, 3352 팩스: 2272-5540
sunwoome@daum.net greenessay20@naver.com
Printed in Korea ⓒ 2024. 이춘희

값 15,000원

ISBN 978-89-5658-754-7 03810
ISBN 978-89-5658-755-4 05810(PDF)

우연,
삶의 여백

이춘희 수필집

선우 sunwoomedia
미디어

책을 내며

완행열차를 타고 싶다.

달리아꽃이 화사하게 피어도 보아주는 이 없는 허름하고 적막한 어느 역에 내려 철길을 따라 천천히 걷고 싶다.

이름 잊힌 지 오래된 그 역사에 고여 있을 적적함에 마음을 내려놓고 오지 않을 사람을 하염없이 기다려도 보고 싶다.

시간이 멎은 그곳이라면 세파가 입혔을 마음의 무장을 내려놓고 잠시 쉬어가도 좋을 삶의 여백이 되어주지 않겠는가.

내가 살아내지 못했던 나, 무심히 놓쳐버린 나, 어쩌면 잃어버린 나의 손을 잡기만 해도 늘 주저하며 망설이기만 하던 마음이 전해질 터. 한 번쯤은 그리운 나를 오래오래 기다리고 싶다.

훗날 아이들이 제 어미가 그리워지는 날이면 만날 수 있는 흔적을 남기려 글을 씁니다. 그리움을 토닥이며 나직이 사랑을 전하기도 하고, 한 끼의 따스한 밥처럼 마음을 든든하게 채워줄 수 있다면 더러 아이들이 쉴 수 있는 휴식처가 되지 않을까요. 글이 곧 사람이라 합니다. 이렇게 남긴 미욱한 내 모습이 훗날 아이들에게 어떤 형상으로 비치려는지. 그래도 내 아이들은 제 어미의, 할미의 흔적을 따뜻하게 보듬어 주리라 믿습니다. 내가 무심히 지나쳐버린 많은 부분의 삶을 아이들은 세심히 살피며 살았으면 좋겠습니다.

소연아 하연아 도하야 사랑해!

글마당에 들어선 지 스무 해에 성인식을 치르는 심정으로 첫 수필집을 출간했습니다. 이제 서른 해를 눈앞에 두니 마음 매무새를 다시 여며야 할 지점에 이른 것 같아 흩어져 있던 글을 한자리에 모았습니다. 둔탁한 글을 정성껏 엮어주신 선우미디어 이선우 사장님께 감사드립니다.

生과 死의 경계에 계시는 어머니께 이 책을 바칩니다.

2024. 정월

이춘희

차례

2
§
사유의 능력

1 …
쉬엄쉬엄

쉬엄쉬엄

아무 목적 없이 그냥 어딘가로 떠나고 싶었다.

천천히 걸으며 두리번거리고, 맛있어 보이는 게 있으면 군 것질도 하고 예쁜 찻집이 눈에 띄면 목을 축이며 다리를 쉬리라. 기왕이면 추억을 불러오는 음악이나 조금은 색이 바랜 그림들이 벽을 장식하고 있는 곳이라면 마음이 느긋해지려니. 몇 해 전 가족 여행 때 잠시 들렀던 군산이면 어떨까. 아직도 옛 시간을 간직하고 있는 거리가 남아 있는 곳이 아니던가. 일제강점기에 번성했던 항구도시니 아픈 역사만큼이나 많은 이야기를 품고 있지 않겠는가.

오십여 년 익숙했던 핸들을 버리고 사십 년 지기 친구와 함께 무궁화호 열차에 올랐다. 풍경이 동반자가 되어주는 기차여행이 얼마 만인지. 한적한 간이역에도 설렌다. 세월과 함께 어느 모퉁이가 조금은 헐었을 역사. 군데군데 지우지 못한 흔적도 기차에 오른 이유가 되어주려니.

군산역은 예상과 달리 시가지에서 멀찍이 떨어져 나지막한 산을 배경으로 선 산뜻한 신축건물이었다. 시간여행을 하려는 계획이 빗나가는 건 아닐까 싶어 역의 헌연한 외양이 실망스럽기도 했는데 마라톤 대회까지 있어 숙소로 가는 차편을 구하는 것마저 쉽지 않았다. 특별한 약속이 기다리는 게 아닌데도 마음이 조급해졌으니. 쉬엄쉬엄 이라는 계획이 무색해졌다.

마라톤 코스를 피해 돌고 돌아 숙소에 도착했다. 체크인 전인데도 친절하게 짐을 맡아주어 내친김에 추천할만한 식당을 물었다. 데스크의 젊은이가 소상하게 일러준 음식점은 한적한 거리에 간판도 잘 보이지 않는데 문까지 닫혔으니. 지나다니는 사람조차 없어 선뜻 결정을 내리지 못하고 우물쭈물하는 사이 그 젊은이가 급하게 차를 몰고 왔다. 일요일에 영업하지 않는 것을 잠시 잊었단다. 예약 리스트에 내 연락처가 있을 터인데 전화 대신 달려와 준 것이다. 예전엔 정이라며 너도나도 예사로 불러내던 마음 씀씀이가 아니던가.

이제는 진한 감동을 주며 말문을 막는 건 그만큼 내가 메말라 있다는 증거지 싶다.

버스를 타고 구도심으로 나가볼 작정이었다. 수더분하게 생긴 아주머니 둘이 옆에 앉은 친구에게 스스럼없이 말을 걸어와 버스를 기다리는 삼십여 분 내내 함께 수다를 떨었다. 남의 말에 자기 것을 얹어 상대의 뜻을 누르는 것이 아니라 맞장구치며 제 의도를 슬그머니 끼워 넣어서 그들의 주장에 따르게 한다. 그 화법에 끌려 우리가 여기서 뭘 하는지 잊을 정도였으니. 이 도시만의 시간 속에 들어선 게 분명하다.

그들의 관심이 등을 밀어 추천했던 정류소에서 내렸다. 이게 웬 횡잰가. 대로에서 한 블록 지났을 뿐인데 여행 전에 그려본 그림이 그대로 펼쳐져 있다. 넓지 않은 길 양쪽에는 아기자기한 장식품들로 채워진 허름한 가게들과 현대식 인테리어로 환하게 불을 밝힌 찻집이 나란히 있어도 전혀 어색하지 않으니. 고마움으로 채워진 마음에 보이는 모든 걸 즐기기로 한 덕분이었나 보다.

세월의 흐름을 반영하듯 번듯하게 자리 잡은 아파트들. 그 곁에 군데군데 남아 있는 적산가옥들만 지난날의 흔적을 간직하고 있다. 옛 형태 그대로라며 친구의 목소리가 높아진다. 오래된 것은 낡은 대로, 더러는 전면만 옅은 단장을 해 오히려 정겹다. 통영에서 어린 날을 보낸 친구에게는 기억을 소환해 주는 정경인 듯, 옛 동무들을 떠올리며 학창 시절로 돌아간다. 추억의 뿌리는 육십여 년의 세월에도 가뿐히 이름 하나하나에 가닿는다.

마른 잎들을 벽에 걸어놓은 찻집에서 퍼져 나오는 은은한 향기. 향을 따라가 차를 마셨다. 모든 것을 손수 만들어 진열해놓은 부지런한 가게주인의 하염없이 이어지는 이야기에 찻잔을 비우고도 한참을 귀 기울였으니, 처음 만나는 이의 삶에 기웃거리는 것, 이게 여행의 묘미가 아니겠는가.

문득 눈에 들어온 상점이 발걸음을 잡았다. 여기가 어딘가. 미두장 큰길 한복판에서 채봉의 아비 정주사가 멱살을 잡히는 것으로 시작되는 소설, 『탁류』의 배경 도시다. 물론 끔찍한 사건이 일어났던 한참봉의 가게는 아니지만, 우연히 작가 채만식을 만나기라도 한 것처럼 오랜만에 보는 쌀가게가 반가웠다.

숙소로 돌아와 자리에 누우니 다리는 무쇠가 달린 듯 무거웠지만 마음은 외할머니 품에 안긴 것처럼 따습다. 날 선 모서리라고는 하나 없는 이 도시만의 정서가 감싸주는 것일

터. 몸으로 하는 독서가 여행이라지만 글자는 그만두고 어린 아이가 그림책을 보듯 눈길이 끄는 대로만 다녔으니 고운 색과 형상만 남았으리라.

첫날 머물렀던 군산. 일제강점기를 지우지 않은 거리. 곳곳에 산재해 있는 근대건물들은 지난날의 자취를 보여주며 '잊지 말아라' 당부하고 있었지만 마음을 풀어놓는 레트로 여행이 아닌가. 그마저도 내려놓으련다.

눈길이 깊어지고 마음은 넉넉하게 나이 들기를 소망했다.

느닷없이 찾아오는 질병과 지인들의 죽음은 매사에 '부질없다'를 입버릇처럼 되뇌게 하지만, 여전히 작은 성취에 연연하며 조급해지는 나를 의식하게 되는 날들이 있다. 시간에 떠밀린 것이라 자신을 다독여도 보지만 무참하고 쓸쓸해진다. 여행이 나를 당겼던 이유였을 게다.

쉬엄쉬엄 여행. 사진 한 장 없는데도 기억창고는 더없이 풍성해진 것 같다.

(계간수필 2023년)

꿈, 나의 해석

침대 머리맡에서 누군가 나를 내려다보고 있다. 어둠 속에서 숨소리라도 들은 것처럼 느낌이 생생하다. 꿈인가. 하필 저승사자라는 말이 떠오르며 섬뜩해진다. 후다닥 일어나 남편 방으로 갔다. 고른 숨소리를 내며 깊이 잠든 것을 확인한 후에도 다리가 후들거린다.

석 달 전쯤에 남편은 폐암 수술을 받았다. 나이 탓에 퇴원까지 힘든 과정이 있었다. 다행히 예후가 좋아 느리게 회복 중에 있었지만, 여전히 마음이 놓이지 않았던 모양이다.

잠시 뒤척였다 싶은데 설핏 선명한 영상이 나타났다가는 이내 지워진다. 이번에는 아버지다. 눈감으시기 전의 모습 그대로다. 당뇨가 심해 거동이 불편하셨는데도 어머니의 반대를 뒤로하고 친구들과 여행을 나서더니 발가락을 다치셨다. 패혈증으로 다리를 절단해야 할 위기에 당신의 성격대로 급하게 떠나셨던 분이다. 웅크리고 앉아 발가락을 만지며 나를 힐끗 쳐다보시던 아버지. 그곳에서도 여전히 편치가 않으신지. 아픈 발을 끌고 꿈길을 오신 건 무슨 연유가 있지 않겠는가.

퍼뜩 구순의 어머니가 떠오르며 손이 떨리고 입술이 마른다. 어머니는 입바람에도 흔들리는 떨림과 어둠을 예비한 촛불 같아 늘 가슴 한편에 안타까움과 함께 자리하고 계시다. 혹여 무슨 변고라도 생긴 것인지. 잠시라도 떠올리고 싶지 않은 예감에 가슴이 쿵쾅거린다. 시계를 보니 두 시다. 옷을 주섬주섬 입다가 멈춘다. 용인에서 일산까지의 밤 운전도 문제지만 달려간다고 해도 집에 들어갈 수가 없을 터. 잠은 이미 멀리 가버렸다. 책을 들었으나 활자만 눈앞에서 오갈 뿐이다. 어둠을 통과하는 시간의 걸음은 무거운 납덩이라도 매단 듯 더디다.

새벽녘 어머니의 잠에 취한 목소리를 듣고서야 안도감에 털썩 주저앉았다.

꿈이 무엇인가. 경험한 것이 기억으로 옮겨가는 과정이라고도 하고 무의식의 심층에 깔려 있는 것이 위장되거나 왜곡되어 되돌아온 거라고도 한다. 주로 얕은 잠에서 깨어난 후에 꿈을 기억하는 경우가 많다고 알려져 있다.

언젠가부터 꿈은 문틈에 낀 옷자락처럼 자꾸 돌아보게 한다. 허망하게 놓쳐버린 두 동생과 급하게 가신 아버지, 기억에서도 유련해진 조부모님들, 그리운 얼굴들을 어쩌다 꿈에서 만나는 날은 외려 온종일 전전긍긍한다. 나를 아꼈던 분들이 허튼 걸음을 하셨을까. 급브레이크를 밟거나 가슴을 쓸어내릴 상황에 부딪히면, 꿈이 이런 일에 대한 경고였거니 생각한다. 어딘가에 한 번 기울어지면 벗어나기가 쉽지 않으니 내면이 허술한 탓이리라.

가상현실과 인공지능이 생활 깊숙이 들어와 있는 과학 만능 시대에 꿈에 연연하는 게 허황한 일일 수도 있겠다. 그러나 첨단과학은 내 능력으로는 이해하기 어려운 남의 일이지만 굳이 프로이트를 들먹이지 않더라도 꿈은 나와 직접 연결된 게 아니던가.

깊이 잠들기가 어려워지면서 꿈의 여운에 잡히기 시작한 것이 언제부터였는지. 단정적으로 말하기는 어렵지만, 어느 날 갑자기 삶에 드리워졌던 안개 속에서, 산다는 일이 숨찬 허덕임과 다르지 않다는 것을 알게 된 마흔 중반쯤이 아니었나 싶다. 그즈음에는 공부를 전혀 못 해 난감하기만 한 시험지를 앞에 두고 있는 꿈이 잦았다. 단발머리 여학생으로 돌아갔으나 항상 어린 두 아들의 손을 꼭 쥐고 있었다. 불안하게 어미를 바라보는 아이들을 의식하며 어두웠던 터널을 의연히 통과했다 생각했지만 드러낼 수 없었던 막막함이 꿈으로 찾아왔던 모양이다.

겁이 많아 줄을 잡고 서기는커녕 앉아보지도 못한 그네를 신나게 타다가 떨어지거나, 하교 시간이면 우르르 뛰어 내려가던 계단에서 친구에게 떠밀려 구르는 꿈에 놀라 벌떡 일어났다가도 어머니의 "괜찮아"하는 한마디와 토닥거림만으로 다시 잠들 수 있었던 날들. 꿈이 희망의 동의어였던 날들이다. 품으면 말랑말랑한 공처럼 가슴을 따뜻하게 해주던 희망이나 마냥 부풀릴 수 있는 풍선 같았던 꿈은 산뜻한 내일의 통로에 있었는데 이제는 신경의 끈을 잡고 하루를 더듬거리게 한다.

꿈인지 환상인지 종잡을 수 없는 것을 하룻밤에 두 번이나 보고 나니 그들을 불러왔을 나의 내면이 궁금하다.

예기치 않았던 남편의 발병이 준 충격으로, 노년에 들어선 우리에게는 죽음이 멀리 있는 게 아니라는 평범한 사실이 마치 새로운 자각처럼 나를 흔들지 않던가. 언제 찾아와도 그리 아쉽지 않은 영과 육의 이별이라며 아무렇지도 않게 내뱉었던 말에 담겼던 오만함과 허영심에 낯이 뜨거워진다. 허나 그 역시 유한한 생에 대한 체념의 다른 표현이었을 뿐, 사는 일의 헛헛함이 산책길에 바라보는 호수의 잔물결에도 실리고 옷 벗은 나뭇가지에도 걸린다.

　꿈결이었던가. 나를 바라보던 아버지의 모습에서 문득 계시처럼 와 닿는 것이 있다. 아버지에게는 꿈에 매달리는 딸아이가 성치 않아 보였던 게다. 꿈이란 자신도 인지하지 못하는 두려움이나 부끄러움과 대면하는 일, '그것들을 어루만져라.' 일러주신 것이 틀림없다, 어디 꿈뿐이랴. 내 안에 있는 상처나 허망함을 내 손으로 다독여야 한다는 걸 보여주려면 길을 와 발가락을 만지셨나 보다.

　눈을 감고 두 팔로 나를 껴안는다. '괜찮아' 토닥거린다. 아버지가 빙긋이 웃으신다.

(계간수필 2022년, 더 수필 선정작)

우울한 장마

　구름같이 피워 올린 이팝나무 꽃송이에 취해 있던 봄날 우렛소리를 들었다. 큰아이가 코로나 양성이란다. 건장한 사십대가 아닌가. 바이러스를 건넸을 사람이나 장소가 연결되지 않는데도 확진이라니. 나도 모르게 불쑥 내뱉은 말이 "스트레스 때문이야."

　병의 원인이 명확하지 않을 때 흔히 꺼내는 게 스트레스다. 그만큼 건강에 마음의 영역이 넓어졌다는 의미일 거다. 직장생활에서 받게 될 녹록잖을 스트레스야 어디 아들뿐이겠는가. 그걸 이겨낼 수 있는 면역력이 부족했을 거라는 데 생각이 미치자 흐릿하던 기억들이 서서히 떠오르며 가슴이 먹먹해진다.

대학 졸업 몇 달 후에 결혼한 나는 그 이듬해 호주 시드니에서 맏이를 낳았다. 이국 생활에서 온 외로움과 제 설움에 빠져있던 어미를 잡아준 건 오히려 아이였다. 귀국 후에는 일곱 살 터울의 막 태어난 아우에게 온 가족의 관심이 쏠렸으니 헛헛했을 형의 마음은 어디에 기대야 했을까. 자주 부추겼던 '영국신사'나 '착하다' 같은 말에 갇혀 투정 한번 마음껏 부리지 못했을 어린아이가 보이는 것 같다. 바람 한 점 없던 사춘기라 안심했었는데, 그즈음 테니스장에서 살다시피 했던 내가 혹 소년의 방황을 무심히 지나쳤던 건 아닌지.

모유와 마찬가지로 부모의 사랑으로 면역의 터와 마음의 뼈대가 형성된다고 한다. 그 소중한 공간은 어린 시절에 관심과 애정으로 채워주어야 했건만 그곳에 어미가 보이지 않으니. 뒤늦은 자책으로 다시 불러올 수 없는 날들을 돌아볼 뿐이다.

공감 능력이 부족한 사람의 부끄러운 고백이 되겠지만, 코로나는 내게 단지 숫자에 불과했다. 유럽이나 미국, 또한 인도나 남미까지 바이러스의 위세가 당당했던 것에 비해 우리의 확진 숫자는 그다지 큰 위협으로는 와닿지 않았다. 사망자의 비율이 세계에서 가장 낮다 하니 숫자는 눈으로 왔다가 그대로 지워졌다. 거기에 코로나 상황이라 해서 크게 달라진 것도 없는 살림살이에 보태라며 주는 정부의 보조금까지 있으니 그 금액 또한 정해진 기간 내에 없애야 할 숫자가 아니던가. 비대면이나 거리두기가 불편하지만 이로 인해 생계에 위협을 받는 이들의 수가 하도 엄청나다 보니 섣불리 투덜거리지는 않을 염치 정도가 나이가 주는 나의 자세였다.

코로나가 등장하게 된 것이 지구를 제대로 살피지 못한 탓이라며 지구에게 미안해하고 바이러스를 불청객이라 부른 적이 있다. 이 불한당을 어쭙잖게 감싼 격이 아닌가. 그러나 '금쪽같은 내 새끼'를 할퀴고 나니 순식간에 심경의 변화가 왔다. 이젠 무슨 수를 쓰더라도 물리쳐야 할 악당이 되었다.

마침 수강 중인 과목 때문에 오래전에 읽었던 윤흥길의 『장마』를 다시 읽었다. 누구나 한 번쯤은 접했을 책이라 섣불리 언급하기 조심스럽다. 육이오라는 비극적 상황 속에서 남북으로 갈라선 자식을 둔 사돈 간의 갈등과 화해 과정을 어린이의 시각으로 그린 작품이다. 이번에는 『장마』가 전과는 다르게 읽혔다.

혈육의 정, 특히 진한 모성애는 때로 이성을 마비시켜 가해자도 피해자도 없는 혼돈의 상황으로 몰고 간다. 이걸 극복하게 만드는 건 분별력이 아니라 감동이라는 마음의 물결이다. 자식의 목숨이 꺼져가는 등불처럼 희미하면 무속인의 말에라도 의지하게 되는 것이 어미 마음이다. 희망의 끈으로 근근이 잡고 있는 생명의 줄, 그 믿음이 무너졌을 때 자신에게 공감하고 동참해주는 것보다 더한 위로가 있겠는가. 가슴의 울림은 장마 내내 깔려있던 갈등을 풀고 서로 손을 맞잡게 한다.

밤낮없이 장명등을 켜놓고 잔칫집처럼 음식을 장만해 아들이 돌아온다는 날만 기다리는 어미 앞에 나타난 것은 아이들이 던진 돌멩이에 꼬리가 너덜거리는 구렁이다. 자식이 들어서야 하는 대문으로 기어든 구렁이를 보며 삶의 끈을 놓친 어미는 선 자리에서 그대로 무너진다. 실신한 사람을 대신해 마치 사돈총각을 대접하듯 잘 차린 상을 보인 후 조곤조곤 타이르며 길을 터주어 구렁이가 우거진 대밭으로 숨어들 수 있도록 유도하는 사람이 있다. 적군의 총탄에 자식을 잃은 여인. 장마 내내 죽은 듯이 앉아 타는 속내를 완두콩 까는 것으로 드러낼 수밖에 없었던, 원수 같던 사돈이다.

장마가 숱한 얼굴을 가진 코로나로 보였다. 자연스레 구렁이를 몰아내는 부분에 관심이 쏠려 다른 장면 하나를 그리게 했다.

마치 주술을 행하는 것처럼 눈만 내놓은 하얀 천 조각으로 얼굴을 가린 채, 내려진 지시대로 일정한 거리를 두고 모이고 흩어지는 사람들. 주입식 교육 덕인지, 백신이라는 돌멩이를 던질 시간표에 질서정연하게 따른다. 지구를 칭칭 감고 있던 바이러스는 백신 돌팔매에 꼬리가 너덜거리고 거리의 행인들이 조심조심 펼치는 가면의 주술에 따라 슬그머니 제 집으로 돌아간다.

자식을 대신했던 구렁이와 바이러스를 같은 자리에 세우다니. 그러나 장마 내내 완두콩을 까야 했던 여인처럼 무력한 어미는 상상의 힘을 빌려서라도 이 괴한을 밀어내고 싶다.

마스크를 벗어 던지고 두 손을 맞잡는 날을 기도하는 심정으로 앞당기며 '정말 지루한 장마였다'를 '정말 수렁 같았던 우울한 코로나였다'로 읽었다.

(에세이21 2021년)

미안, 지워지지 않는 부끄러움

배롱나무의 열정 사이로 걸어온 구월이다. 구월에는 산과
들을 흔들며 우리를 가두었던 폭우의 날들이 스며있다. 빗속
에 갇히면 주로 오래전에 즐겨 듣던 음악과 함께 책을 들지
만, 활자에 빠져들기보다 나에게 침잠하는 날이 종종 있다.
그런 날 내 안에서 만나게 되는 나의 모습은 들추어내고 싶
지 않은 부끄러움을 불러오기도 하고 아픔만 남은 미안함에
빠져들게도 만든다.

'미안(未安)'이란 남에 관하여 마음이 편치 못하고 거북하
다는 뜻이 아닌가. 상대의 예상이나 기대의 범위에 미치지
못하거나 넘어서는 행위, 때로는 생각조차도 미안을 불러온
다. 솔직하다는 반듯한 포장으로 잘 벼린 칼처럼 휘둘렀던

말들 역시 상대에게는 상처로, 시간이 지나면서 더 예리한 칼날을 스스로에게 들이민다. 진솔한 사죄로 소통의 창을 열면 구름 낀 무거운 마음은 가벼워지겠지만 흔적까지 지울 수야 있겠는가. 거기에 임시방편의 가면이 끼어들었다면 '미안'은 더 큰 부끄러움으로 돌아온다. 미안 속에 들어 있는 자책으로도 가벼워지지 않는 양심의 파장, 부끄러움이다.

미안을 전하고 남는 것이 부끄러움이라면, 그것이 허공을 떠도는 메아리가 되었을 때는 아픔만 남는다. 전해야 할 상대가 더는 닿을 수 없는 곳에 있을 때는 시간이 상처를 아물게 해주려니 기대하지 말아야 한다. 상처 위의 덧입힌 세월은 가건물이다. 잠시 가려줄 수는 있겠지만 결코 치유에 이르지 못하도록 벽을 만든다. 그중 혈육에 대한 아픔은 문득 어제 일처럼 생생하게 다가와 상처를 헤집는다.

오래전에 떠난 사람들. 그러나 아직도 내 안에 살아있는 이들, 그중에서도 큰누나인 나를 밀쳐두고 서둘러 떠난 두 동생이 남기고 간 허망함은 지워버리고 싶기도 하고 그대로 간직하는 것이 마땅한 일인 것도 같다. 부재를 번연히 알면서도 가끔 두리번거리게 할 만큼 믿기지 않는 빈자리다.

운영하던 사업체가 어려워지자 외국에 있는 처와 딸을 그리워하며 술과 담배에 숨어들어 황달을 앓았던 동생, 오 남매 중 셋째로 장남이었다. 사노라면 한두 번쯤은 부딪치게 되는 파도려니 했으나 그는 허우적거리는 것도 잊은 듯 선선히 죽음의 손을 잡고 떠났다. 어머니의 가슴에 깊이 각인된 그의 마지막 말 "미안합니다."가 전부였다.

나는 오랫동안 그를 이해할 수 없었다. 추운 겨울밤 입시 공부를 위해 얼음을 깨고 세수하라는 누나의 말을 순순히 따르던 동생이 아니었던가. 삶에 대한 의지를 잃은 그에게 화를 내곤 했다. 이겨내라고 견디라고 강요하는 대신 괜찮다며 다독여야 했을까. 남자는 당연히 강인해야 한다는 미신 같은 편견은 어디에서 온 것인지. 그러나 그가 떠난 지 이십여 년이 흐른 이제야 무기력했던 그가 조금씩 보이기 시작한다. 누구나 자신이 감당할 수 있는 삶의 무게가 저마다 다르지 않겠는가. 장남이라는 등짐이 버거웠던 유약한 사람에게는 탈진상태의 한계점에서 그대로 주저앉을 수도 있을 터. 나약함이 동생의 선택은 아니었을 것이다.

제 아비의 부음을 전하는 질녀의 전화를 받고 그가 더는 어머니를 힘들게 하지 않을 것이라 안도했던 나. 아버지의 사업체를 거덜 내고, 막내를 길바닥에 나앉을 위기로 몰아넣기도 했던 둘째 남동생. 운동 잘하고 그림 그리기를 좋아하던 건강한 아이였다. 정이 많아 주머니는 항상 열어놓고 사는 사람, 곁에 있으면 노래로 재담으로 웃음꽃을 피우게 해주는 사내였다. 그는 인간에 대한 믿음의 끈을 놓지 않고 여러 사업을 하며 나름대로 진한 땀을 흘렸다. 그러나 정의 이름으로 아우르는 친구들도 많았다. 피해는 고스란히 부모와 형제의 몫으로 돌아왔다.

연이은 사업실패에도 그를 잡아주던 처가 먼저 떠나지 않았다면 그 역시 그리 쉽게 삶의 끈을 놓지는 않았으리라. 몇 달을 홀로 병상을 지키고도 먼저 보내야 했던 처였다. 딸아이 하나에 온 정성을 기울이기는 했으나 여전히 치밀하지 못한 그가 벌이는 일은 더욱 주위 사람들을 난처하게 만들곤 했다. 큰고모를 찾는다는 제 딸의 전화에 "더는 보고 싶지 않다."며 매정하게 외면했다.

그의 마지막을 전송하던 친구들은 멋진 친구였단다. 너그러운 작별 인사기만 했을까. 훈훈한 추모는 세상의 잣대가 닿지 않는 우정인지도 모른다. 그를 보내는 과정을 내내 지켜준 많은 친구. 그들은 밤새 삼삼오오 모여 앉아 동생과 함께 여름날의 소나기처럼 젊은 한 시절 그들을 빠져들게 했던 열정과 무모한 도전과도 작별하고 있다는 생각이 들게 했다. 떠날 때 그 사람의 진면목이 보인다지 않는가. 나는 동생을 얼마나 알고 있었던 걸까.

큰동생은 가족의 자랑으로 빛나던 학창 시절의 검은 뿔테 안경으로, 둘째는 웃음소리와 귀에 익은 노래로 도처에서 기웃거려 발길을 멈추게 한다. 질녀와 함께 해마다 찾아가는 안성 천주교 추모공원에서 처와 다정하게 찍은 사진으로 웃음을 보내는 둘째. 나는 그를 향해 웃지 못한다. 그는 제가 있고 싶은 자리를 찾아갔을 것이다.

성급하게 외면하고 질책했던 일들이 아픔으로 부끄러움으로 남았다. '미안하다'란 마음의 매듭을 푸는 일이 아닌가. 피붙이란 말이 필요 없는 인연. 꿈결에서라도 만날 수만 있다면 손 한번 꼬옥 잡으련다. 매듭은 굳이 찾지 않으련다.

(그린에세이 53호 2022년)

삶, 하루를 담는 그릇

'레트로'라 이름 붙이고 친구와 함께 떠난 여행이다. 군산을 거쳐 순천으로 향했다. 오십여 년 만에 오른 무궁화호 열차로 시작한 여정, 이번에는 한옥에 잠자리를 예약했다. 아마 온돌방 감성에 대한 그리움 때문이었을 게다. 화장실이 방과 떨어져 있어 불편하겠지만 시간여행이라 정한 터라 감수할 가치가 있지 않겠나 싶었다.

골목 깊숙이 자리한 집이라 한참을 헤맸다. 대문에서 방으로 인도하는 디딤돌은 장독의 밑면이 늘어서 있어 발에 닿는 느낌이 나쁘지 않았다. 그것을 경계 삼아 한쪽에는 채마밭이 있고 다른 쪽은 울타리를 잇대어 만든 허름한 창고가 보인다. 먼지와 함께 수북이 쌓인 창고 속 도자기는 주인장의 한 시절을 보여주는 것인지. 숙소에서 우리를 반기는 건 노년의 주인이 손수 들고 온 따끈한 녹차다. 가지런히 줄 선 상추며 쑥갓을 바라보며 마시는 녹차에 노곤해지면서 푸근해진다. 한적하다.

한옥을 나서니 눈에 들어오는 것마다 제 나름의 개성으로 '나 여기 있어요.' 하며 손짓하는 거리다. 한 공간을 여러 개로 분리해 만든 작업실에는 작품들로 빼곡했지만 진열품보다 자신의 꿈을 향해 몰두하고 있는 젊은이들에게 더 관심이 쏠린다. 나에게서 오래전에 떠나버린 그들의 열정이 부러웠기 때문이리라.

길모퉁이 상점에는 저절로 입가가 벙긋해지는 도자기들이 진열되어 있다. 꽃을 들고 선 어린 소녀, 턱을 괴고 엎드려있는 녀석, 이어폰을 끼고 눈을 지그시 감은 채 음악에 취한 소년, 아이들의 표정에는 티끌 하나 없다. 이런 얼굴을 만들어낼 수 있는 사람이라면 그 역시 천진난만한 아이 같을까. 아니면 엉킨 속내를 올올이 풀어내며 자신을 다스린 것일지도….

몇 걸음이나 옮겼을까. 이번에는 문이 닫혀있는 매장 안에 전시된 항아리 한 쌍이 발걸음을 잡는다. 친구와 나는 약속이나 한 것처럼 도자기의 강한 직선과 부드러운 곡선의 조합에서 눈을 떼지 못한다. 서로 잘 어울리면서도 따로 떼어 놓아도 모자람이 없어 더 돋보인다. 독특한 개성으로 빛난다기보다 평범하지는 않다고 해야 하려나. 창밖이라는 거리의 효과일까. 작품이 설핏 부부 모습으로 비치기도 해 한참을 머뭇거렸다.

이튿날 기대에 부풀어 들어간 정원박람회장, 그야말로 인산인해다. 어느 구석 하나 빈틈없이 숙련된 손길이 느껴지고 탄성이 절로 났지만 얼마 지나지 않아 무리무리 놓여있는 화려한 화분에 과하게 조미료가 쳐진 음식처럼 속이 울렁거린다. 정원에 있어야 할 모든 것이 설치되어 있는 것 같다. 만들어진 초록의 산과 흐르는 물, 연못과 정자, 튼실한 나무 의자는 잔디밭을 가로질러 놓았다. 환청인 듯, 안쓰러움이 담긴 엄마의 목소리. 나 역시 아이들에게 되뇌는 말이다. "너무 애쓰지 마라. 지친다."

그 넓은 정원에서 '꿈의 다리'를 만난 건 행운이었다. 다리의 난간에 아이들의 희망이 꾹꾹 눌려 담겨 있는 만 육천 개의 자그마한 사각 나무 조각을 이어놓아 꿈이 서로 손을 잡고 있다. 푸른 꿈 사이로 걸으며 자연스럽게 나를 돌아보기도 하고 아이들의 소망이 이루어지도록 빌고 있었으니 이 다리야말로 꿈의 정원이 아니겠는가.

한참을 들여다보아야 고개가 끄덕여지는 그림에 곁들인 풋풋하고 다양한 장래 희망들. 막연하게 머리에만 있었을 꿈을 나무판에 그리면서 아이들의 가슴에도 선명하게 새겨졌으리라. 훗날 이 아이들이 자신의 미래를 담았던 나무판을 떠올리며 그 꿈을 다시 가다듬으려는지.

순천에서의 하루와 반나절은 일부러 선별이라도 한 것처럼 한 도예가의 궤적을 따라가 본 것 같다. 어린아이의 꿈과 젊은이의 열정, 자신의 내면을 형상화 시켰을 중년 작가들의 작품들 그리고 창고에 작품들을 보관하고 있던 노년의 도예가. 훗날 이 도예가의 삶이 담긴 작품이 하나의 형상을 빚는다면 과연 어떤 형태가 되려는지 궁금해진다.

그래서일까, 돌아오는 열차에서는 생각이 자연스레 우리네의 한살이로 향한다.

삶이라는 강줄기는 우리의 의지를 다독이기는 하겠지만 예정된 길을 따라 흐른다. 젊음의 열정이 주던 자신감은 넓고 긴 시야를 허락하지 않는다. 경쾌하게 흘러갈 수 있었던 길에도 숨겨진 암초가 있지 않던가. 자신의 내면에 지닌 크기와 가치관에 따라 삶에 담겨질 이야기가 달라지기 마련이다. 세월은 잘 숙성된 서사에는 향을 더해주기도 하고 눈 부신 빛을 입히기도 한다. 더러 상처가 의연함이라는 덧옷으로 고운 무늬를 만든다.

산다는 게 하루를 채워가는 과정이라면 나는 나만의 서사를 차곡히 쟁이는 작업을 이어가고 있을 것이다. 오롯이 나라는 사람이 담긴 공간, 그것이 어떤 형태가 되려는지. 작품 제목은 당연히 '하루를 담는 그릇, 삶'이리라.

레트로 여행. 바라보는 모든 것에 나 자신을 투영하고 있었지 싶다.

(에세이문학 2023년)

마음이 머무는 자리

돌아보니 소실봉 아래로 옮겨온 지 벌써 오 년이 훌쩍 넘었다. 산자락이라 공기는 맑았고 한적할 뿐 아니라 내 것은 아니어도 눈앞에 넓은 채마밭이 펼쳐져 있어 좋았다.

칼럼니스트 김서령은 『이야기가 있는 집』에서 '유리와 철근과 시멘트로 둘러싸인 집에 문을 닫고 살면 호흡과 기운이 막혀 옹졸해지고 메마른 공간을 견딜힘이 약해져 버린'다고 했다. 그래서일까. 삼십여 년 아파트에서 살아온 나는 이즈음 자주 몸 구석구석이 삐걱거린다. 물론 생의 가을을 지나고 있는 나이 탓이 클 것이다. 그래도 다행스러운 것은 서울에서 살 때보다 마음이 편해졌다.

늘 무언가를 이루고 마련해야 한다는 생각에 쫓기는 듯했는데 나도 모르는 사이 그 초조함에서 풀려났다. 산 아래 살게 되어 들며 날며 자연스레 산을 건너온 바람을 쐬고 나무를 지나온 햇볕을 자주 접하게 된 덕이 아닌가 싶기도 하다.

『이야기가 있는 집』은 몇 해 전 선배 수필가가 추천한 책으로 읽는 내내 그분께 감사하는 마음이 컸다. 그만큼 작가가 보여주는 열여덟 채의 집은 어느 것 하나 인상 깊지 않은 것이 없었다. 그중에서도 '잔서완석루'라는 이름은 기억 속에 선명하게 새겨졌다.

'잔서완석루'는 학생들에게 제 마음에 드는 책을 골라 읽고, 그 책과 관련된 인물의 보고서를 만들어 나누어 읽도록 한다는 고등학교 국어 교사의 집이다. 그는 집의 공사를 시작하기도 전에 건축가와 무려 2년 동안이나 이메일을 주고받으며 교감을 나누었다. 집의 형태나 재료의 문제가 아니라 '어떻게 살 것인가' 하는 삶의 방식에 영향을 미치는 공간을 만들어나가는 것을 의논했다. 그가 원했던 것은 '책의 집'으로 바람과 공기가 드나들고 책 읽는 사람들이 모여 함께 공부하고 토론도 할 수 있는 자리, 그곳을 찾는 사람 누구라도 막걸리 한 잔쯤은 마실 수 있는 툇마루가 있는 집이다. 베란다와 옥상에 의자를 놓고 차를 마시며 책을 읽을 수 있는 공간이 마련된 집을 부탁했다. 건축가는 교사의 소망을 완성시켜 주었다. 군더더기나 허세가 조금도 들어 있지 않아 들어서는 사람 누구라도 마음이 활짝 열리는 집, 바라보기 좋은 집이 아니라 몸이 담기기 좋은 집을 지었다. 길을 따라 주인이 산책하듯 책들도 산책할 수 있는 책의 길이 있는 집. 낡은 책이 있는 거친 돌집이라는 의미의 잔서완석루라는 이름에 걸맞은 공간, 주인의 염원이 실현된 집이다.

작가는 집이 바로 그 사람이라 말한다. 인간이 소우주면 그가 깃들어 사는 집은 중우주라 한다. 그것이 자신의 본성에 맞을 때 활기가 생기고 영감을 얻을 수가 있지 않겠는가. 그래서 전 국토가 아파트 숲으로 변하고 있는 현실이 작가의 걱정거리다.

책을 읽는 동안 꿈속을 거니는 것 같았다. 작가가 소개한 많은 집은 형태의 아름다움뿐 아니라 그 속에 담긴 삶 또한 개성이 넘치고 존경스러웠다. 잔서완석루가 그러했듯 자신이 원하는 것이 무엇인지를 명확하게 알고 있는 사람들이 자신이 추구하는 삶을 완성하도록 이끌어주는 집. 그 집들을 찾아보고 싶다는 바람을 갖게 했다.

집이란 무엇인가. 집이라면 요즈음 자주 생각나는 곳이 있다. 나는 결혼과 동시에 호주 시드니로 가서 십 년 가까이 살았다. 그곳에서 처음으로 장만했던 집은 어린 날 꿈꾸었던 빨간 지붕이 다락방을 이고 있는 이층집은 아니었다. 그러나 고국에 대한 나의 그리움을 달래주던 감나무 두 그루가 앞마당을 지키고 있는 집이었다. 감나무는 시드니에서는 좀처럼 볼 수 없었던 내 나라의 나무였고 매사에 즉흥적인 내가 그 집을 선택했던 가장 큰 이유였다.

뒷마당이 국립공원과 연결되어 있어 새소리는 아름답기보다 시끄러울 지경이었다. 앞마당에 있던 자두나무 열매에 몰려들었던 앵무새 무리가 현관을 나서는 나를 일제히 바라보면 발걸음을 떼기가 두려울 정도였다. 히치콕의 영화에서처럼 아름다운 새도 무리가 되면 때로 공포의 대상이 되기도 한다는 걸 알게 해주었던 집이다. 봄이면 복숭아나무가 꽃동산으로 만들어 주던 집. 주말이면 뒷마당에서 바비큐를 즐길 수 있었던 집이다. 언니처럼 나를 챙겨주던 옆집의 일본인 도모꼬와 자주 만날 수는 없지만 가족 같은 친구들이 있었다. 비록 은행에 갚아야 할 돈이 등에 실려 있었지만 안정된 직장이 있던 남편과 건강한 아이와 함께 큰 걱정거리 없이 그 집에서 살았다.

그러나 나는 늘 갇혀있는 것처럼 답답했고 툭하면 두통에 시달렸다. 귀양살이라도 하듯 마음은 늘 그리운 이들이 살고 있는 내 나라에 가 있었다. 그래도 이제는 시간이 쟁여져 추억이라는 고운 옷을 입으니 이따금 닿지 못하는 곳을 향한 그리움만 빼곡히 차 있던 시드니의 집이 아련하게 떠오르곤 한다.

내가 귀국했을 때가 마침 한강변 남쪽에 아파트 건축이 시작되었던 시기였다. 오랫동안 마당 있는 집에 익숙했던 탓인지 아파트는 그야말로 닭장 같아 보여서 선뜻 다가설 수가 없었다. 강남의 강변에 있는 아파트보다 비싼 값을 주고 정릉의 산자락에 집을 마련했다. 그러나 보안이 허술했던 그 집에 도둑이 다녀간 후 늘 무언가가 옥죄는 듯해 더는 머물 수가 없었다. 삼 년 만에 정릉 집의 세 곱절이나 지불하고 안전해 보이는 강변의 아파트로 옮겼다.

아파트는 문을 닫고 산다고들 하지만 편견이 아닐까 싶다. 벽이나 천정을 사이에 둔 이웃과 함께 차를 마시고 현관 건너로 서로 먹을 것을 건네주면서 인정이 오갔다. 어쩔 수 없는 사정으로 내가 그곳을 떠나야 했을 때 떡 상자를 실어주며 아쉬운 마음을 전하던 이웃이 있었다.

귀국 후 두통이 사라졌다. 내가 조금 둔한 편이라 단언할 수는 없지만, 아파트라서 호흡과 기운이 막힌다는 느낌은 없었다. 그 후로 몇 번 사는 곳을 옮기기는 했지만 아파트는 편안한 공간이 되어주었다.

나에게 집이란 삶의 방식에 영향을 미치기보다는 삶의 질에 더 영향을 주는 영역이다. 어디에 무엇으로 지어진 어떤 형태인가의 문제가 아니다. 흙내가 있고 바람이 드나들고 화사한 햇살이 오래도록 머물러 있다 해도 그 속에 담긴 마음이 편치 않다면 온전한 집이 될 수 없다는 생각이다. 마음이 머물 수 있는 곳, 정이 오가는 사람들이 편하게 드나들 수 있는 공간, 내 가족과 함께 깊은 잠을 잘 수 있는 장소라면 어디에 어떤 형태로 있든 나는 그곳은 집이라 부르고 싶다.

(그린에세이 16호 2016년)

Are you all right?

세월의 마법이랄까. 추억의 덧옷을 입은 후에야 그리워지는 날들이 있다. 십 년 남짓 살았던 호주 시드니, 그중에서도 초창기 몇 해를 보낸 글리브(Glebe)와 철자는 모르지만 '존 키블라프코스'라 불리던 그리스인이 이따금 생각날 때가 있다. 그는, 어느 날 문득 "Are you all right?"으로 떠올라 따뜻한 기억으로 남은 사람이다. 정확한 나이는 모르지만 생존해 있다면 족히 아흔은 넘었지 싶다.

큰아이 출산을 얼마 남기지 않았던 사십여 년 전이었다. 친구와 함께 거처할 곳을 찾아 이 집 저 집을 기웃거리고 있을 때 건장한 중년 남자가 다가오더니 이민자 특유의 딱딱한 영어로 혹 방을 구하느냐고 물었다. 성큼성큼 앞장서 걸어가는 그를 따라가며 우리는 눈짓을 주고받았다. 그 당시 'girl'을 '기를'로 읽을 만큼 무식한 사람들에 대한 우스갯소리가 많았는데 그가 그들 중 한 명으로 보였다. 우물에 빠진 사람에게 손을 내밀었더니 고맙다는 인사는커녕 손 모양을 가지고 키득거릴 만큼 철없고 못난 내가 거기에 있다. 손을 내민 이가 키블라프코스다.

남편 친구 두 부부가 시드니에 온 지 몇 달 되지 않아 겨우 방 한 칸을 빌려 살고 있는 우리를 찾아왔다. 우리와 비슷한 시기에 와 이웃에 살고 있었던 남편 친구와는 모두 대학 동기생이었다. 남자들에게 우리 방을 비워주고 여자들은 길 건너에 있던 친구 집으로 갔다. 이튿날 일방적으로 방을 비우라는 통보가 와 집을 급히 구해야 했다.

달랑 방 하나를 사용하던 프랑스 여자의 집과는 달리 그는 부엌이 딸린 제법 널찍한 방을 보여주었다. 위치가 집의 맨 뒤라 문을 열면 호젓한 마당이 있었고 현관을 거치지 않고 뒷문으로 드나들 수 있어 편리해 보였다. 방세도 지금 사는 곳보다 저렴해 마다할 이유가 없었다. 무엇보다 집주인이 편해 보여 마음이 놓였다.

그는 일주일에 서너 번은 찾아와 "괜찮으냐?(Are you all

right?)"이라고 묻곤 잠시 서성거리곤 했다. 처음에는 특별한 용건도 없는 그의 방문에 어리둥절했다. 남편은 학교와 직장 때문에 늘 집을 비워야 했는데 임산부인 내가 걱정스러운 게 아닌가 싶었지만, 아이가 태어난 후에도 방문이 계속되어 점차 귀찮아졌다. 어느 날은 모른 체 문을 닫고 있기도 했다.

한번은 그의 친구에게 산 중고 텔레비전이 얼마 지나지 않아 고장이 났다. 당시 텔레비전은 나의 영어 교본 같은 것이어서 꼭 필요했지만 당장 다시 구매할 여력이 없어 여간 난감하지 않았다. 그때의 우리 형편으로는 만만치 않은 돈을 지불한 터라 속았다는 생각을 지울 수가 없었다. 그 일로 친구와 크게 싸우고 절교를 선언했다지 않는가. 이따금 들러 아이들 자랑이나 남편에 대한 불평을 늘어놓곤 하는 그의 부인이 전해 주었다. 절교까지 했다니 든든한 내 편 한 사람이 생긴 듯해 약간은 보상받은 기분이 들었다. 그 집에서 일 년 반 남짓 살았을까. 아이가 걷기 시작하자 공원 근처의 조금 넓은 아파트로 이사했다. 그때 제대로 인사나 했는지, 기억이 흐리다.

지난해 여름 작은 아들네와 호주를 다녀왔다. 시드니에서 살던 시절 가족처럼 지냈던 옛 친구들을 만나 그 시절을 회상하며 즐거운 시간을 보내는 중에 한 분이 십여 년 전에 왔을 때처럼 글리브에 가려는지 물었다.

그 말을 듣자 그리스인 집을 기웃거렸던 일이며 아쉬웠던 마음이 어제처럼 선명해졌다.

당시 다시 찾았던 글리브는 집값이 많이 올랐다더니 허리춤에나 오던 예전 담과는 달리 집값만큼이나 높아진 울타리에 둘러싸여 내가 살았던 집이나 그리스인의 집을 들여다볼 수조차 없었다. 문을 두드려 보았지만 답이 없어 잠시 머뭇거리다 발길을 돌려야 했다. 이번에도 그곳을 들르고 싶지만, 돌쟁이 손자까지 함께한 여행에 다른 도시의 예약이 기다리고 있어 아쉬움을 남긴 채 그대로 돌아왔다.

글리브는 시드니 시절의 내게는 고향 같은 곳이다. 큰아이를 거기서 낳았고 처음으로 차를 장만해 주말이면 친구들과 바비큐를 즐기기도 했다. 외롭다거나 힘든 게 무언지도 모를 만큼 희망에 부풀었던 푸르른 날들이었다. 생활에 어느 정도 여유가 생겨 집을 장만해 그곳을 떠나면서 친구들과 만나는 횟수도 점차 줄었고 우리들의 꿈도 퇴색해 갔다.

큰아들이 유학으로 외국에 나간 후 아이가 그곳에 잘 적응하는지, 아들은 염려 말라지만 어미 마음은 한시도 아이 주변에서 벗어나지 못했다. 그때 불현듯 그리스인이 떠올랐다. 우리가 살던 곳을 둘러보곤 했던 그의 마음이 헤아려졌다. 아버지 연배가 아니었던가. 그는 퇴근 후 아이의 방문을 열어보는 심정으로 우리 방을 기웃거렸던 게 아니었을까. 어쩌면 자신이 어린 나이에 이국 생활을 하면서 감내했던 외로움과 막막함을 떠올렸을지도 모른다. 살고 있던 집에서 쫓겨날 처지의 임산부를 보면서 이제 막 남의 나라에서 첫발을 내딛는 내가 안쓰러워 자주 찾아보았으리라는 짐작에 확신이 생기기도 했다. 한 사람의 진심이 전달되는 데 걸렸던 수십 년의 세월. 나의 아둔하고 무심했던 시간을 만회하고 싶었고 그가 건재하기를 빌었다.

십여 년 전 호주를 방문했을 때 글리브에 갔던 것은 키블라프코스에게 꼭 하고 싶었던 말, 지금도 만날 수만 있다면 그가 나에게 해준 따뜻한 그 말 한마디를 진심을 담아 이제는 노년을 살고 있을 그에게 전하고 싶다.

"Are you all right? mr. 키블라프코스."

(계간수필 2016년)

지구의 기침 소리

지난해 9월 믿고 싶지 않은 일이 발생했다. 경주 지진이다. 어떤 은밀한 약속이 있었던 것도 아닌데 믿었던 이에게 배신을 당한 것처럼 허탈했다. 이웃 나라들이 지진으로 고통을 받을 때마다 아무 탈 없이 넘어가니 우리는 지진과는 무관한 지역에 살고 있다고 내심 믿었던 모양이다. 경주 지진이 1978년 지진 관측 이래 가장 큰 규모라 했다. 진원지가 유년의 꿈을 키운 곳에서 그리 멀지 않아 더 놀랐고 불안했다. 그날 이후 한동안 잠을 설치기도 하고 툭하면 천정에 달린 등을 쳐다보곤 했다.

2011년 일본을 덮쳤던 강진과 쓰나미는 자연에 대한 인간의 무력함을 한눈에 보여주는 마치 잘 연출된 드라마의 한 장면 같았다.

현실이라 믿기에는 어처구니없을 만큼 처참했다. 평소 일본에 대해 적잖이 반감을 갖고 있었지만 그 참담함에는 눈시울이 뜨거워졌다. 가까운 나라에서 일어난 일이라 우리에게 미칠 영향에 대한 보도와 함께 그 원인이나 진원지에 대해 많은 학설이 있었지만 우리와는 상관이 없는 일이라 여겨 무심히 지나쳤다.

'살아있는 지구의 거친 호흡과 맥박'이라는 말에 순식간에 붙들렸다. 얼마 전 텔레비전에서 우연히 세계 테마기행 뉴질랜드 편을 보았다. 뉴질랜드라면 사십여 년 전에 한번 가본 적이 있는 나라다. 그래서 북섬이 화산지대라는 것은 알고 있었고 내 예상이 크게 빗나가지 않았다. 화면은 노란 황이 뒤덮인 땅으로 뿜어져 나오는 뽀얀 수증기로 채워졌다. 연이어 화산폭발이 만들어낸 신비로운 색의 향연이 눈앞에 펼쳐졌다.

비스듬히 누워있던 나를 일으키고 사로잡은 것은 아름다운 풍광이 아니라 한국전자통신책임연구원이라는 분의 사투리가 섞인 해설이었다.

자신의 전공 분야도 아닌데 그의 해박한 지식과 체계적인 설명은 문외한인 나까지도 몰입하게 만드는 힘이 있었다.

　"지구의 바깥 부분을 이루고 있는 지각에는 대륙판과 해양판이 있습니다. 대륙판과 대륙판이 충돌하면 지진이 일어나며 화산폭발은 대륙판과 해양판의 충돌에서 발생해요. 그러나 대륙판보다 무거운 해양판과의 충돌에서는 해양판이 대륙판 아래로 밀려 들어가게 되고 밀려 들어간 해양판의 껍질이 녹아서 마그마 방이 생기게 됩니다."

　설명이 간결하고 명료해 자연히 솔깃해졌다. 고여 있던 마그마가 분출되는 것이 화산폭발이다. 주로 판과 판 사이의 경계에 화산활동이 일어나며 해양판의 껍질 일부가 대륙판에 부가되면 점점이 섬이 생기고 그 섬들이 움직여 대륙을 부가시키기도 한단다. 이렇게 대륙이 생성되고 때론 소멸한다. 지구는 살아 움직이는 생명체이며 용암이 분출될 때 지구의 맥박과 거친 호흡을 들을 수 있다지 않는가.

　그의 설명은 확신에 차 있었다. 또한 "이것은 문학적인 수사가 아니라 과학적인 사실입니다."라고 강조했다. 지구의 나이 45억 년. 한순간도 활동을 멈춘 적이 없다는 지구다.

　아연해졌다. 지구가 살아있다는 말은 자주 들어왔다. 의심해 본 적이 없었다. 살아있다는 것이 생명을 가진 것이라는 구체적인 의미를 생각해 본 적이 없었기 때문이다. 그러나 맥박이 뛰고 호흡하고 있는 생명체라는 말을 듣는 순간 내 의식의 저변이 흔들렸다.

초등학생 때였을 것이다. 지구는 둥글고 자전과 공전을 한다는 선생님의 말씀에 어리둥절해졌다. 그것이 돌고 도는데 아래로 떨어지거나 뒹굴지 않는 건 무슨 까닭인지. 중력이란 말은 마치 외국어처럼 낯설고 난해했다. 그로부터 오십여 년이 지났지만 지각운동에 대해 지질학자가 아닌 첨단과학을 하는 사람의 명쾌한 이론은 초등학생 시절로부터 조금도 확장되지 않은 내 이해력의 범위를 확인할 수밖에 없게 했다. 뭐라 반박할 수 있는 논리는 없지만 쉽사리 긍정하기도 어려웠다.

살아있다는 말이 생명체라는 의미로 범위가 한정되는 순간 내 이해력은 그 자리에서 멈추고 만다. 생성과 소멸이라는 변화만으로 생명체라는 것이 증명되는가. 지구가 생명체라면 지각운동이 자의에 의한 활동이라고 유추해야 하지 않을까.

그러나 모든 생명체가 헤아리고 판단하고 인식하는 정신활동을 한다고는 말할 수 없지 않겠는가. 생각이 꼬리를 문다. 생명체란 내 사고의 범위를 뛰어넘는 무언가를 의미하는 모양이다.

이제는 내가 알고 있다고 믿는 모든 것을 명확하게 이해한다고는 말할 수 없을 것 같다.

45억 년을 살아온 지구는 지금 그의 생 어디쯤에 와 있을까. 공룡처럼 제가 품었던 생명체의 멸종을 수없이 보아왔을 지구가 아닌가. 인류로 추정되는 종족 역시 지구상에서 멸종된 흔적이 화석으로 발견되었다고 읽은 적이 있다. 공연히 섬뜩해진다.

온난화니 엘니뇨니 하며 병든 지구라는 말을 이즈음엔 자주 들먹이지 않던가. 지구의 나이를 추정하고 우주로 위성을 보내는가 하면 가공할만한 파괴력을 갖춘 제품을 만들게도 하는 과학의 위세와 문명의 편의를 위해 인간은 무슨 짓을 하고 있는 것일까.

자연이라는 말로 치환된 지구를 다스리려는 걷잡을 수 없는 욕망은 혹시라도 스스로를 자멸의 길로 이끌지나 않는지. 지구의 맥박과 호흡소리라는 것이 병든 생명체의 쿨럭쿨럭 기침하는 소리는 아닐지. 비약되는 내 상상에 혼자 웃는다.

그러나 인간이라는 다루기 힘든 유기체에 대해 그 생명체는 어떤 자구책을 내릴 수도 있지 않겠는가. 문득 일본의 재앙이 떠오른다. 오슬오슬 소름이 돋는다.

(2017년)

2
...
사유의 능력

허영심의 다른 얼굴

한동안 손에서 내려놓을 수 없었던 책, 그 책에서 '허영심은 우둔함의 다른 형태다'에 멈칫했다. 멈추어졌다는 게 정확한 표현이겠다. 그런데 갑자기 벽에라도 갇힌 듯 답답해진다. 문자의 힘이라니. 그다지 생소할 것도 없는 문장이 발목을 잡은 데는 그만한 연유가 있을 것이다.

교과서에 실린 〈국화 옆에서〉로 만난 시인 서정주. 그의 〈자화상〉에 나오는 '스물세 해 동안 나를 키운 것은 八割이 바람이다'를 읽은 것은 시를 써보려고 애쓰던 시절이었다. 시에 담긴 고뇌에 천착해 들어갈 자질은 없었는지 시인을 키운 바람만 궁금하고 멋져 보였다. 바람으로 커가는 인생이 낭만적으로 비쳤다. 언젠가는 나도 같은 제목으로 시를 쓸

수 있을 것이라는 희망을 품었으나 습작으로 시작했던 필사는 시집 한 권을 끝내지 못하고 잠시 문학소녀라는 이름표를 달아본 것으로 만족해야 했다.

오십여 년이 지난 얼마 전 〈자화상〉을 다시 만났다. 이번에는 시가 다른 의미로 읽혔다. '애비는 종이었다'는 젊은이의 당당한 선언으로, '나를 키운 것은 팔할이 바람이다'는 어떤 상황에서도 일어설 수 있다는 자신감으로. 삶에 대한 강인한 의지가 넘치는 시였다.

시는 어린 날의 꿈을 불러왔다. 너를 키운 것은 무엇인지 묻는다. 스물셋을 세 번이나 넘겼으니 답이 있어야 한다고 재촉하는 것 같다. 알 수 없는 부끄러움과 함께 조급해졌다. 세월에 실려 나이에 숫자만 키워왔던가.

『리스본행 야간열차』를 든 것은 그즈음이었다. 어느 날 운명의 틈새를 스쳐 간 한 여인으로부터 온 떨림에 따라 사십여 년 아무 의심 없이 자족했던 자신의 삶에서 걸어 나오는 주인공에 대한 선망이 컸다. 그의 행보와 함께 드러나는 폭넓은 사유는 나를 놓아주지 않았다. 처음에는 주인공에 매료되어 그를 쫓기에 바빴고 두 번째는 그가 손에 든 책, 철학서적을 방불케 하는 생각 더미에 빠져 시간 가는 줄 몰랐다.

세 번째, 미련이 남아 아무 페이지나 헤집고 들어갔다. 때로는 문장이, 더러 낱말이 확대된 듯 다가왔다.

그런데 '허영심'이라는 단어와 그것을 파헤친 문장에 대한 예상치 못한 반응의 의미는 무엇인가. 무의식적이었다면 그에 대한 자의식이 내면 어딘가에 있었다는 반증이리라. '허영심은 어리석음이 조야한 형태로 나타나는 것'은 책이 들추어내기 시작한 마음의 바닥을 한순간에 까발린 형국이었던지 명치끝이 아렸다. 뜬구름이라 여겼던 말이 나를 자극했다면 근거를 살펴보는 게 순서일 터, 부인하고 싶은 심정이었을 게다.

눈을 감고 세월을 거슬러보니 집히는 데가 있다. 검은 트렌치코트를 입고 한 손으로 해를 가리며 교정을 둘러보고 있는 사람이 떠오른다. 우리는 창가로 우르르 몰려갔다. 부임하기도 전에 총각 선생님에 대한 소문이 먼저 와, 달리 관심 둘 곳 없던 여고생들이 설렘으로 기다렸던 분이다. 수업 첫날 영어 문장 하나를 들고 엉뚱한 질문을 이어갔던 나. 돋보이고 싶었던 거다. 생의 봄날 아름다운 추억 틈새에 움을 틔운 맹랑한 허영심이 보인다.

그것이 시작이라면 결혼의 동기는 움이 자라 꽃이 핀 격이라 할까. 허영심의 민낯을 보여준다. 졸업한 해에 떠밀리듯 서둘러 결혼했다. 김포공항에서 꽃다발로 환송하던 시절, 청혼에 포함된 외국이나 유학은 허술한 자아에 금빛 울타리를 둘러주는 것 같았다. 극장에서 화면으로만 보았던 미지의 세계는 환상을 불러왔고 화려한 파티에 초대받은 기분이었으니 나의 무지를 설명할 말이 더는 없다. 출국 가방에 화려한 한복만 빼곡히 채웠을 정도다.

귀국 후, 시들어 있던 내 안의 나무는 알량한 언어가 비료라도 된 듯 싱싱하게 살아났다. 사십여 년 전 남편 사업을 핑계 삼아 외국인과 고궁이나 상가를 거니는 것은 결코 피곤한 일이 되지 않았다. 아무도 눈길조차 주지 않는 자아도취가 아니었나 싶다.

수필가라는 호칭은 늘 나를 움츠리게 한다. 수필이란 거울 앞에 서는 것이라 했다. 글이 곧 사람이라는 말이다. 글로 형상화된 나에 걸려 당당해질 수가 없다. 혹여 나에게 수필가란 언제 걸쳐도 모양새 좋아 보이는 겉옷은 아닌지 종종 자신에게 묻는다. 딱히 내놓을 이름은 없어도 이 나이쯤이면 내면 깊숙이 눈길이 미치는 속 깊은 사람이 될 줄 알았다. 욕심이었다. 이 바람도 가당찮은 허영심의 작용이었던 모양이다.

생은 자신의 깊이와 크기만큼의 삶으로 성장하고 확장되는 것을 리스본행 야간열차가 보여주었다. 남을 의식하며 쓰는 가면, 덧칠된 얕은 지식, 그것들은 자신으로 향하는 시선을 가로막는 벽이다. 이 훼방꾼이 없었다면 다른 모습의 생을 만들 수도 있지 않았을까.

그러나 긴 세월 그 공허한 벽이 장애물이기만 했던가. 혹시라도 미련하고 허점투성이인 나를 보호해 준 방어막은 아니었을까. 남편 사업체의 부도 후, 잃어버린 것은 단지 돈일뿐이라며 허세를 부릴 수 있었던 건 내 안의 옹이, 허영심의 힘이었을지도 모른다. 서정주의 바람에, 소설의 주인공이 안주했던 삶에서 걸어 나오는 모습에 매혹되는 나. 이렇게 빈틈투성이인 내 안에 뿌리 내려 흔들리면 잡아주고 모자라면 채워준 건 허영심이다.

바람 속에 있는 우리네 삶, 그가 어리석음의 다른 형태라할지라도 함께 흔들리며 나이 들면 어떠랴.

(좋은 수필 2020년)

기억에 대한 예우
-춘원과의 해후

　이태 전, 후줄근한 외투 같은 내 모양새에 안감이라도 대어주는 심정으로 찾은 것이 인문학 강의였다. 그곳에서도 이번 학기는 모든 시험이 온라인 과제물로 대체되었다. 몇 달 전에 찾아든 불청객 코로나19로 내려진 결정이다.

　인문학 강의를 듣다 보니 슬그머니 욕심이 생겨 내친김에 국문과 과목 하나를 덧붙여 수강 신청을 했다. 그 과목에서 내어준 과제가 교재에 실린 근대작가 중에서 다섯 분을 골라 작품세계의 특징과 문학사적 의의를 기술하라는 것이었다.

　지난 3월부터는 유치원에 갔어야 할 손자 녀석과 온종일 씨름하고 있는 터라 어쩔 수 없이 과제는 요령껏 가볍게 작성할 작정이었다. 오래 생각할 것도 없이 목차를 보며 쉽게 접근할 수 있을 것 같은 작가들로 골랐다.

「진달래꽃」의 소월 김정식, 입에 익은 노랫말로 친숙해진 정지용, 자신을 키운 건 팔 할이 바람이었다는 서정주, 「잉여인간」으로 이름이 낯설지 않은 손창섭, 소녀 시절의 우상이었던 춘원 이광수를 선택했다.

먼저 시인들에 대해 시대순으로 작성하기 시작했다.

소월의 시 세계가 생각보다 깊었다. 그의 시에서 만나는 단순한 말들이 아프게 다가왔다. 마지막 '아편으로 곤궁했던 삶을 마감했다'를 자판으로 치다 말고 서른둘이라는 나이와 절망, 아편이 몰고 온 안타까움에 한참을 화면만 응시하고 있었다. 애써 정지용으로 움직였다. 잃어버린 자식에 대한 그리움을 읊은 '물먹은 별이, 반짝, 보석처럼 백힌다.'의 함축된 절절함에 막막해졌다. 우리의 근대 시들은 정조가 비감하다. 일제강점기가 아닌가. 시대를 비켜 갈 수는 없었을 터. 역시 문학은 시대의 거울이다. 서정주를 작성하면서 그의 친일 행각에 순간 멈칫했다. '그 상황에 내가 처해 있었더라면' 하는 생각이 들었으나 교재를 따라 마무리했다.

이제 순서에 따라 춘원과 해후할 차례다. 그는 여리던 내 마음에 『무정』으로 스며든 작가였다. 오랜만에 대하는 우상에 설레는 가슴, 그가 어린 시절부터 영민했다는 데에서 어깨에 힘이 들어갔다. 문학사에서 차지하는 비중을 기술하면서 당연하다는 듯 으쓱거리는 내가 조금은 민망했다. 민족주의자로서의 행적에 이르러 2·8독립선언서를 기초했다는 부분부터 조금씩 불안해지더니 수양동우회사건에서는 안절부절못했다. 막상 친일을 대하자 먼저 마음이 저항했다. 번연히 알면서도 낯설어하고 그를 위한 변명부터 찾으려 애썼다. 입력했다가는 지우고 마음을 다져 먹고 다시 시도했으나 삭제하고 말았다. 친일 부분을 빼고 마무리해 보았다. 그러나 그것 역시 그의 삶을 부인하는 것이니 탐탁지 않았다. 재학생 수가 수천은 될 텐데 나의 과제물을 제대로 읽겠는가. 그렇다고 성적을 염두에 두지도 않았다.

오랫동안 춘원을 떠올려 본 적이 없어 교재에서 그 이름을 보았을 때 옛사람을 만난 것처럼 반가웠다. 누구나 그렇겠지만 내 안에 간직한 사람은 고운 모습들이다. 세월과 함께 채색하고 덧칠된 결과리라. 그 기억들에 울타리를 둘러놓고 어떤 변형도 용납하지 않으려는 심사를 합리적으로 설명할 수 있는 말이 없다. 돌이켜보니 비슷한 상황에 직면했던 적이 있었다.

위인전에서 만난 몽골의 테무친은 어린 날 나의 영웅이었다. 언젠가 텔레비전에서 칭기즈 칸의 생애를 방영해 오랜만에 영웅과 재회했다. 유년기부터 시작해 유라시아 대륙의 정복으로 대제국의 칸에 오르는 그의 삶과 함께 유목민 특유의 잔인함에 대한 말이 나오자 채널을 돌리고 말았다. 더는 듣고 싶지 않았던 것이다. 춘원의 경우 친일에 대해서 전혀 모르지는 않았던 것 같다. 그러나 믿고 싶지 않은 부분은 흐리게 만들기도 한다는 뇌의 편리한 기능 때문인지 과제로 그를 선택할 때는 이 문제에 부딪히게 될 것은 예상하지 못했다. 민족운동에 관해 기술하면서부터 불안해졌던 이유가, 되살아나기 시작한 기억에 기인하지 않았나 싶다.

역사바로잡기를 반대하지 않는다. 오히려 그것이 역사의 토대를 굳건히 세우는 길이라 믿는다. 그렇지만 굳이 내 안을 헤집어 가면서 그것에 동참하고 싶지는 않다. 아무도 눈여겨보지 않을 과제물을 두고 혼자 갈팡질팡하는 것은, 옛사랑에 생채기 내고 싶지 않은 내 나름의 순정 같은 것인지도 모른다.

사는 동안 더러 누군가에게 마음을 의탁하며 영혼에 윤기를 얻지 않았던가. 한때일망정 내 정신이 의존했던 기억들이 자아라는 정체성에 영향을 미치지 않았겠는가. 그것들을 들추어내어 훼손하고 싶지 않은 것은 기억에 대한 예우이자 자신에 대한 보호본능이다.

주말 내내 고민하다가 다음 주로 넘겼다. 과목을 포기하려다가 찾게 된 인물이 『탁류』의 백릉 채만식. 생활고에 떠밀려 치료 한 번 제대로 못 하고 폐질환으로 운명한 분으로 미두를 식민지 자본주의의 상징으로 본 예리한 작가다. 그는 자신의 죽음을 예감하고 친구에게 원고지를 20매 정도 보내달라는 편지를 띄웠다. 머리맡에 원고지를 넉넉하게 흩어놓고 이 세상을 떠나고 싶었던 영혼의 멋쟁이였다.

춘원을 기억 속에 온전하게 모셨다. 이제 또 한 분이 그곳에 담길 모양이다.

(에세이21 2020년)

우연, 삶의 여백

–파스칼 메르시어 『리스본행 야간열차』

영상이 어릿해도 흑백 텔레비전을 컬러텔레비전보다 더 좋아하는 사람이 있다. 튼튼한 횡목 같은 무거운 안경을 쓴, 육십을 눈앞에 둔 남자. 무릎이 나온 바지에 성글게 짠 스웨터와 낡은 재킷을 입고도 그것이 텅 빈 우아함과 맞선다고 믿는 느슨한 사람이다. 우연히 만난 그와 함께 나는 리스본의 골목을 오르내리고 폐허가 되어 이따금 박쥐와 들쥐가 돌아다니는 중등학교의 적막 속에서 얼어붙은 밤을 지새웠고 병원으로 들어가는 그를 배웅했다.

그와 나 사이에는 파스칼 메르시어의 책 『리스본행 야간열차』가 있다.

비와 함께 세차게 돌풍이 불어온 날, 고전 문헌학 교사 그레고리우스가 다리 난간에 위태롭게 선 한 여인이 강에 몸을 던지려 한다고 생각해 가방과 우산을 던지고 급하게 다가가는 것으로 시작하는 책이다. '절망에 빠져 분노와 사랑 사이'에 있는 듯 보인 여자가 허공으로 날려버린 종이에 있던 전화번호를 얼떨결에 그의 이마에 적는 어처구니없는 상황이 벌어지고, 불현듯 스며든 낯선 예감이 그것을 지우려던 그의 손을 막는다.

학문의 세계 속에서 건조한 삶을 살아 '문두스'로, 더러는 '파피루스'로 불려온 그레고리우스. 동화 속에서처럼 속삭이는 듯하던 그녀의 '포르투게스'에 끌려 그의 인생이 고스란히 담긴 학교를 뒤로한다. 그녀를 다시 만날 수는 없었지만, 우연히 헌책방에서 포르투갈어로 된 아마데우 프라두의 『언어의 연금술사』를 얻는다. 사전을 뒤적이고 어학 CD에 귀 기울이며 몇 페이지를 읽고 작가를 찾아 무작정 리스본행 야간열차에 오르는 그. 책에 실린 '우리가 우리 안에 있는 것들 가운데 아주 작은 부분만을 경험할 수 있다면, 나머지는 어떻게 되는 것일까'라는 생에 대한 깊은 사유가 그를 사로잡았던 것이다. 이런 문장을 만난다면 누군들 무심히 지나칠 수 있겠는가. 나 역시 그를 따라나서며 운동화 끈을 조여 매듯 마음을 다잡았다.

　책을 들고 작가의 일생을 좇는 그레고리우스는 『언어의 연금술사』를 출간한 프라두의 동생을 찾아간다. 그녀는 우상이었던 오빠가 숨진 시각을 그대로 고정시킨 채 삼십여 년을 과거의 수렁 속에서 붉은 신호등이 켜진 것처럼 머물러 있다. 박제된 듯 멈추어 있는 시간을 현재의 시각으로 맞추는 일은 그에게도 어지럼증을 일으킬 만큼 상당한 용기가 필요했지만 마침내 돌처럼 굳어있던 그녀의 마음이 흔들리는 '조용한 지진'이 일어난다.

　다른 하나. 그는 아마데우와 함께 독재 저항운동을 하다가 체포되었던 동지를 찾아간다. 석방 후 자신을 요양원에 유폐시킨 팔순 노인이다. 피아노를 치던 그의 손은 고문으로 손톱 두 개는 아예 없고, 온통 담뱃불로 지져져 파킨슨병에 걸린 것처럼 떨며 살아왔다. 노인에게 다가가기 위해 처음으로 담배를 피우고 목구멍이 델 것 같은 뜨거운 차를 주저 없이 마시는, 학대받은 노인에 대한 예우. 노인은 '기억에 깊숙이 파고드는 눈빛'으로 오랫동안 그를 바라본다. 그레고리우스의 깊은 시선과 따뜻한 심성이 드러나는 장면이다. 인품의 향기랄까. 감동 외에는 달리 표현할 말을 찾을 수가 없다.

"뚜렷하지 않은 심연, 인간 행위의 표면 아래에 우리가 알지 못하는 어떤 비밀이 있을까?"라 묻던 프라두의 끝없는 사색과 치열했던 일생, 그의 삶을 관통한 철학 서적을 방불케 한 생각의 더미들은 나같이 단순한 사람까지 끌어당기는 힘이 있다. 그러나 풍성한 사유의 세계는 때로 칼끝같이 예리해 그를 위태롭고 힘든 생의 여정으로 이끌지 않던가. 나이 탓일까. 나는 명철한 지성보다 마음을 감싸는 따뜻함에 더 뭉클해진다. 놓쳐버린 꿈을 찾는 그의 독특한 행적에서는 그레고리우스에 설레는 것이 오히려 자연스럽게 느껴질 정도다.

어린 시절 페르시아를 그리며 동양학자가 되려 했으나 뜨거운 사막의 모래가 안경에 부딪히는 꿈이 반복되어 희망을 접어야 했던 그레고리우스다. 프라두가 고뇌와 혼란에 빠질 때면 찾곤 했던 허물어져 가는 중등학교의 교장실 벽에 이스파한의 사진을 붙여놓고 프라두의 글을 읽으며 캠핑을 하는 것으로 비켜 가야 했던 날들을 만회한다. '상상력은 우리의 마지막 성소다'라 한 프라두를 쫓아, 폐허가 된 학교를 사막으로 만드는 상상력은 그의 안에 있던 또 하나의 삶을 살아볼 수 있게 하지 않았겠는가. 따뜻하고 사려 깊은 그라면 내면의 벽에 갇힌 프라두의 영혼이라도 그곳으로 초대하지 않았을까 싶다.

맑고 깊은 우물 같았던 그레고리우스. 파피루스로 불리던 그에게 우연은 두레박으로 왔을까. 타성적 일상에서 빠져나와 타인의 삶에 봄날 이슬비처럼 스며들어, 돌처럼 굳어있던 마음을 풀어놓으며 자신도 변해가지 않던가. 리스본으로 향하며 그레고리우스가 떠올린 '자기 영혼의 떨림에 따르지 않는 사람은 불행할 수밖에 없다.'는 마르쿠스 아우렐리우스의 말. 나는 떨림을 낯선 예감과 설렘으로 읽는다.

우리는 종종 아무런 징후 없이 삶에 불쑥 끼어들곤 하는 우연과 마주한다. 그 파장은 예사롭지 않아 오랜 여운을 남기기도 하고 때론 예상치 않던 길로 들어서게도 만든다. 그 우연이 언제나 영혼의 떨림을 동반했던가.

그레고리우스에게 다가온 우연이 웅숭깊은 그의 내면이 만들었을 공간, 그 여백에 담기는 순간 낯선 예감이 일지 않았던가. 그것을 감지하는 것 역시 예비된 사람만의 몫일 터. 낯선 예감으로 제 안에 있는 다른 삶을 경험하면서 자신에게 한 걸음 더 다가설 수 있었으리라.

책을 읽으며 내 삶에 다가오고 떠난 사람들을, 성급하게 내디딘 걸음들을 돌아보곤 했다. 어느 날 우연히 눈에 띈 수필 강좌 안내. 시를 향하던 어린 날의 꿈이 문득 떠올랐던 일. 나에게도 우연이 두레박으로 왔을까, 글은 내 속에 든 나를 들여다보게 하지 않던가. 삼십 년도 더 지난 이야기를 다시 꺼내 보았다. 내 삶에도 영혼에 떨림을 줄 여백이 있었던가.

(계간수필 2020년)

시각적 산문

-글로 쓴 사진

    사진이란 빛이 잠시 머물다간 흔적이라 생각했다. 가까운 친구가 사진작가여서 사진에 대해 관심을 두게 되었지만, 그 가치에 대해 깊이 생각해 본 적이 없었다. 순간의 흔적을 담아 언제든 재현할 수 있는 것 정도가 내가 유추해 낼 수 있는 사진의 가치였다. 그런데 며칠 전에 읽은 책의 한 문장이 느닷없이 나를 사로잡았다. '사진의 가치는 보이는 것이 보이지 않는 것을 불러내는 데에 있다.' 소설가 정찬의 〈새의 시선〉에 실린 대화체의 문장이다. 그는 이것이 영국의 저명한 작가인 존 버거의 말이며 '사진의 가치'가 아니라 '사진의 권력'이라 말했다고 정정해준다. 유독 이 짧은 글이 와닿았던 것은 요즘 스스로도 이해하기 힘든 나의 짓거리라 해야 할지 마음의 행태라 불러야 할지 모를 일 때문이다. 물론 이 문장이 함축한 의미를 다분히 자의적으로 해석한 결과다.

올해 초에 오랫동안 운영해오던 매장을 접었다. 누가 말리기라도 할 것처럼 당장 폐업 신고부터 했다. 서둘러 본사와 관련된 일들을 마무리 짓고 세금을 완납했다. 컴퓨터에 저장된 본사 홈페이지까지 삭제하고 나니 무거운 옷이라도 벗어던진 것처럼 홀가분해져 마음만 먹으면 날 수도 있을 것만 같았다.

그런데 고객들의 전화번호를 저장해 놓은 파일이 여전히 컴퓨터에 남아 있는 것을 문 닫은 지 몇 달이나 지난 얼마 전에 발견했다. 이젠 더 이상 필요치 않으니 당연히 삭제하면 끝날 일이었다. 우스운 고백이 되겠지만 버튼 하나를 누르는 간단한 손가락 동작에 제동이 걸렸다. 단순한 아라비아 숫자의 조합에 불과한 전화번호들이 창에 불이 켜지면 눈앞에 마치 신기루처럼 여러 가지 형상의 그림들을 불러오는 것이 아닌가. 지난 이십여 년이 오롯이 살아 다가오는 것이다.

이십여 년 전 생활에 떠밀려 엉겁결에 옷 장사에 발을 내디뎠다. 돌아보니 내게 주어졌던 다른 선택의 여지가 없기도 했지만, 오늘까지 나를 버티게 해준 고마운 기회였다. 그러나 장사꾼으로 산다는 것이 스스로 설정한 사회적 지위에 대한 기대를 만족시키지 않았던 모양이다. 쉬는 날은 염두에도 둘 수 없었던, 캄캄한 터널을 통과해야 했던 처음 몇 해가 지나자 옷을 팔고 있는 내 모습이 조금씩 불편해지기 시작했다. 그렇다고 구체적인 계획이나 선망이 있었던 것도 아니었다. 주어진 자리에 안주하다 보면 결국 장사치가 되고 말 것 같은 두려움이 내가 해야 할 행동 하나하나에 끝없이 제동을 걸게 했다. 가령 고객에게 내 쪽에서 전화를 걸지는 않겠다고 결심을 한다거나 나를 찾아온 사람들과 필요 이상으로 가까워지지 않으려 마음을 다잡곤 했던, 어처구니없는 생각들이다. 전화는 호객행위나 다름없이 여겨졌고 상품 때문이 아니라 친분을 이용해 장사하려는 사람으로 비치는 것도 마땅치 않았다. 언니 아우 하면서 감겨드는 사람들은 당연히 경계했지만 이십여 년을 꾸준히 찾아오는 고마운 분들조차도 굳이 일정한 거리를 유지하려 애를 썼다. 내가 대단히 양심적이어서가 아니라 나 자신에게 공연한 일로 딴지 걸고 까탈부리는 것이 자존감을 뭉개야 하는 장사치로 물들지 않는 길이라고 믿었던 게 아니었나 싶다.

그래도 매출에 신경을 쓰지 않을 수는 없었다. 대리점을 하는 처지에서는 본사와의 원만한 관계가 중요하다. 그것은 매출로 증명되어야 하고 내 수입 역시 장사의 목적이 아닌가. 전화를 하는 것보다는 번거롭지 않고 은근하게 다가가는 문자메시지를 즐겨 사용했다. 직접적으로 상품을 선전한다거나 구매를 권하는 대신 주기적으로 계절에 대한 멘트나 여성 특유의 감성을 가볍게 자극하는 짧은 글을 띄웠다. 기대했던 것보다 반응이 좋아 문자를 저장한다는 고객들이 많았고 더러는 바뀐 번호를 남기러 들르기도 했다. 물론 매출에 상당한 도움을 주었다. 전화번호 뒤에 숨어 심리적 효과를 노린 것은 적극적으로 다가서는 것보다 더 교묘한 상술이 아니겠는가. 나는 역시 장사꾼이었나 보다.

매장을 접고 나니 나를 지키겠다고 만들었던 울타리 안에는 자존감이 아니라 숫자로 남겨진 통장의 빈약한 잔고만이 고개를 숙이고 있다. 조금만 마음을 열었더라면 지금쯤 고객들과 끈끈한 인간관계로 연결되지 않았을까 싶어 아쉬워지곤 한다. 그러나 이십여 년을 그렇게 지키고 싶었던 자존감이 어떤 모습이어야 하는지에 대한 확신은 없지만 안간힘을 쓰고 있는 내 모양새가 좀 미련스럽기는 해도 밉지는 않다. 더러 그립기도 하다. 날기라도 할 것처럼 가볍게 텅 빈 나날을 보내는 이즈음의 나보다 나아 보인다. 저장된 전화번호에 미련을 버리지 못하는 것은 그것만이 유일하게 기억을 환기시키고 시간을 뛰어넘어 지난날들을 불러내 주기 때문이다.

존 버거는 성실한 관찰자가 되어 사진보다 더 세밀한 묘사로 〈글로 쓴 사진〉이라는 시각적 산문을 만들었다. 그의 글에 기대어 전화번호 파일을 남겨두려 한다. 단순한 숫자의 조합이 숫자가 아닌 것을 불러오는 유일한 창. 어떤 사실적인 묘사보다 더 또렷한 영상들을 불러오는 창. 숫자로 된 이 시각적 산문의 공간을 한동안은 간직해야 할 것 같다.

(계간수필 2018년, 더 수필 선정작)

사랑이 비껴가는 길에서
-『이어령의 마지막 수업』

지난해 이른 봄이었다. 바람 끝에는 아직도 겨울의 푸른 서슬이 남아 있어, 눈에 띈 산수유나무 꽃망울이 반가웠다. 온몸에 독버섯을 훈장처럼 줄줄이 달고 겨울잠에서 깨어나지 못하는 나무라 더 눈길을 끌었을 터. 가지 끝에 나 여기 왔다고, 몸은 여직 겨울에 갇혀있는데 저 홀로 안간힘을 쓰며 노란 봉오리를 터뜨렸다.

"어쩌려나, 가지 끝 봄꽃아! 내년에도 너를 볼 수 있으려나." 겨우내 빠져있던 잠에서 깨어나지 못하는 나무와 꽃망울이 불현듯 불러내는 이름이 있다. 이어령 선생님이다.

자신이 오는 봄을 맞지 못하리라 예감하시더니, 2월의 끝자락에 떠난 선생, 며칠 전부터『이어령의 마지막 수업』을 다시 들었다. 봄꽃을 기다리며.

메멘토 모리, 죽음을 기억하라는 라틴어. 삶이 무엇인지 알려면 먼저 생의 한가운데 있는 죽음을 알아야 한다는 주제를, 항암도 약도 거부하고 명료한 자신의 삶 속에 담긴 죽음을 풀어 놓았다. 당신 뒤에 남을 사람들을 위한 선물이라 했다. 인터뷰로 남긴 지혜는 살아 움직이는 생물처럼 활기찼고 절로 탄성이 나오리만치 예리했다. 허나 선생이 기억되고 싶어 했던 '삶에 찰랑이는 비유'의 함의에 제대로 다가갔는지 의문이 든다.

다시 든 책은 전과는 많이 다르게 들어온다. 선생이 쏟아내는 한마디 말에, 어휘 하나에 소나기처럼 젖어 들었던 처음과는 달리 자주 다른 생각에 빠진다.

강의실은 수백 명의 학생으로 채워졌지만, 그들 중 어느 한 사람도 스승의 날에 카네이션을 달아주지는 않았다는 회고다. 존경은 받았으나 사랑은 없었다는 쓸쓸한 토로. 요란했던 박수 소리가 친밀감에 닿지는 않았던 모양이다. 사랑이 비켜 간 적적한 길에서 우두커니 서 있기라도 하셨던가. 허술한 구석들이 서로 맞닿은 따스함이 친밀감을 주기도 하고 때론 외로움을 남기는 게 아닌가. 차가운 지성이 갑옷처럼 입혀져 있는 줄 알았던 선생에게 외로움이라니 의외였다.

남들과 다르게 살아 '타인과는 내내 껄끄럽고 소외되고 외로웠다.'는 만년의 솔직한 고백도 있다. 디지로그나 생명 자본을 내다보는 혜안은 얻었으나 지적인 환희를 위해 자신을 고독 속에 유폐시켰다니. 냉철하게 깨어있어 필연적으로 따랐을 외로움이다.

모난 데가 없이 둥글기만 한 사람을 나는 선뜻 신뢰하지 못한다. 낙엽이 쓸려가는 소리가 외로움이라는 빈터에 담기지 않은 사람하고는 의자를 당겨 앉고 싶지가 않다. 그래서 일까.

개구리울음 사이의 적막에 귀를 열어놓는 감성. 미지를 향한 호기심과 문학적 상상력 틈새에 놓였을 선생의 외로움이 긴 여운을 남겼다. 손에 든 책이 얼핏 '잊지 말아요!'라며 애절하게 흔드는 손수건으로 보이기도 했다. 제 눈높이 더는 볼 수 없는 한계가 가져온 착시인지도 모른다. 사랑하는 사람의 가슴에 오래도록 남고 싶은 소망. 그 허망한 희원에서 벗어날 수 없는 게 인간이라는 생각이 불러온 착각일 게다.

사랑은 그리움의 토양에서 자란다. 먼저 떠나보낸 따님이 그리움 되어 선생을 애틋한 사랑으로 채웠으리라. 따님이 남긴 품 넓은 영성이 외로웠을 지성의 동반자였으니 그보다 더 따뜻한 선물이 있겠는가.

마지막 페이지를 닫으니 '삶에 찰랑이는 비유의 말' 자리에 사랑과 존경이 함께한 종착역으로 걸어가는 선생의 뒷모습이 있다. 우물을 파는 지성이라는 제목의 서사시 한 편을 읽었던가.

오십여 년 전 대학 시절 첫 학기에 선생의 강의 한 과목을 수강했다. 선생은 삼십 대 중반의 멋진 외모에 『흙 속에 저 바람 속에』와 영화로 만든 『장군의 수염』으로 관심을 받던 분이었다. 서울로 갓 올라와 지방 사투리에 부끄러워했던 열아홉. 수업 중 몇 번 지명을 받아 교과서를 기어들어 가는 목소리로 낭독했던 기억이 있다. 차가운 첫인상에 주눅이 들었던 어수룩한 내가 보인다. 푸르던 날의 고운 그림이다.

88올림픽 개막식은 하얀 옷을 입은 소년이 굴렁쇠를 굴리며 들어와 잠실벌의 열기와 소음을 일순간에 끊어내고 정적의 울림으로 채웠던 날로 내게 저장되어 있다. 감동의 파장은 더러 학창 시절의 기억을 소중한 인연인 양 꺼내 보게 했다.

봄을 기다렸던 분. 그의 삶에 겨울이 있었던가. 죽음으로 가는 과정마저도 대지를 뚫고 올라오는 새싹처럼 의지에 찬 나날이었으니 생성으로 채운 삶이 아닌가. 여름을 부르는 온화한 봄이 아니라 얼음을 깨트리며 혼곤한 겨울잠을 흔드는 봄이었다. 새봄을 기다렸던 봄.

'모태로의 귀환'이라던 죽음. 어머니의 부르심에 집으로 돌아가셨다. 그 품에서 평안하시리라. 눈을 감고 선생의 외로웠던 날들 위에 포근한 마음 한 자락을 덮는다. 존경과 사랑의 교차로에 섰던 선생께 카네이션 한 송이를 달아드리며 늦은 배웅 인사를 올린다.

(계간수필 2023년)

사유의 능력
-악과 평범성에 대하여

    손이 멈춰졌다. 탁자 모서리를 치려다 말고 퍼뜩 떠오른 생각에 나도 모르게 손이 그대로 멈추어졌다. 아이는 영문을 몰라 울다 말고 나를 바라본다.

    네 살 먹은 사내아이, 손자다. 늘 들이뛴다. 그래서 미끄러지고 넘어지기 일쑤다. 우는 아이를 달래느라 마루에서 미끄러지면 바닥을 나무랐고 장난감에 걸리면 장난감을 혼냈다. 그뿐인가. 공원에서는 아이가 걸려 넘어진 돌부리를 발로 차기도 했고 달아나버린 비둘기에게 눈을 흘겼다. 울음을 그치게 하는 데도 도움이 되었지만, 핑곗거리를 만들어 나무라다 보면 아파하는 아이를 보는 내 마음도 조금 누그러지는 것 같았다. 오늘도 탁자 모서리에 걸려 넘어졌다. 손을 멈추게 했던 건 사유의 불능 '악의 평범성'이다.

　악과 평범성이라는 전혀 어울릴 것 같지 않은 두 낱말의 조합은 얼마 전에 읽었던 『처음 읽는 독일 현대철학』에서 나온 말이다. 철학에 관해 허약한 내 상식의 주머니에 보약 한 줌 집어넣는 심정으로 이 책을 읽기는 했다. 고백하건대 책을 읽어내기도 어려웠지만 행간의 의미를 짚어내거나 이해하기는 더욱 힘들었다. '악의 평범성'을 말한 한나 아렌트 역시 그녀의 방대한 철학 사상을 이해했다고 할 수는 없다. 다만 세기의 재판이었던 아이히만의 재판을 참관한 후 출간한 『예루살렘의 아이히만』에 대해, 특히 악과 평범성의 조합에 납득이 되지 않아 갸우뚱하는 나에게 낮은 목소리로 조곤조곤 이야기라도 하듯 설명해주어 그나마 다가서기가 조금은 수월했다.

　독일 출생 한나 아렌트는 미국으로 망명했던 유대인이다. 그녀는 프랑스의 유대인수용소에서 가스로 목전에 둔 죽음으로부터 탈출한 사람으로 어쩌면 자신의 생생한 경험이 법정에 세워진 아이히만을 누구보다 면밀히 지켜보게 했을 것이다. 어떤 종류의 인간이 그런 엄청난 범죄를 저지를 수 있는지 누구보다 궁금하지 않았겠는가. 그러나 그녀의 지성은 그 냉혹한 범죄를 '악의 평범성'이라는 이름으로 규정했다. '최종 해결'이라는 암호로 명명하며 실행된 범죄를 '악'으로 분류한 것이다. 범죄가 법정에 세워지는 것이라면 악은 인간의 본성에 관한 이야기로 그것이 평범과 연결되는 것을 쉽게 받아들일 수 없어 그 부분을 몇 번이나 읽었다.

칼 아돌프 아이히만이 누구인가. 유대인 문제를 해결하는 총책임자 힘러 밑에서 '탁월한' 방식으로 그것을 해낸 사람이다. 그는 제2차 세계대전에서 독일의 패색이 짙어지자 아르헨티나로 달아나 숨어 살았다. 그의 체포에 관해서는 여러 가지 말들이 있는데 이 책은 가족과 함께 잘살고 있다가 15년이 지난 후 무슨 연유였는지 시사 잡지에 스스로를 노출시켰다고 한다. 불법적이기는 했지만, 당연히 이스라엘로 잡혀 왔고 온 세계의 이목을 집중시킨 후 사형에 처해졌다. "신 앞에서는 유죄이지만 법 앞에서는 무죄다."라고 자신을 항변한 인물이 아이히만이다.

아렌트가 재판과정에서 지켜본 아이히만은 끔찍한 범죄를 연상시키는 괴물이 아닌 단지 자신의 일을 성실히 수행한 지극히 평범한 사람이었다는 것을 바탕으로 끌어낸 것이 책의 핵심이다. 아이히만이 재판과정에서 보여주는 태도나 사용하는 언어에 주목한 아렌트는 사유가 제대로 작동하지 않는 사람이라는 점에 포착하여 이 사건이 악의 평범성을 보여준다는 결론에 도달한다. 사유의 불능으로 인해 사용하는 언어가 고착되어 주어지는 질문이나 자극에 상투어나 상투적 표현으로 일관되는 아이히만과 같은 사람의 범죄는 '악의 평범성'에 기인한다고 보았다. 아렌트가 말하는 사유의 능력은 우리가 일반적으로 말하는 인지능력이 아닌 자신에 대한 성찰이다. 자신이 하고 있는 일의 의미를 묻는 능력 그리고 남의 입장에 서는 능력이라는 뜻이다. 그녀는 자신에게 '주어진 일'을 성실히 하면서 살고 있는 현대인도 이런 종류의 악은 쉽게 저지를 수 있다는 견해를 펼쳤다.

『예루살렘의 아이히만』이 발간되자 유대인 사회가 분노했고 학계에서는 여전히 논란이 있다고 한다. 나 역시 현대인이 빠질 수 있는 악에 대해 명확한 결론을 내리지 못하고 있었다.

그런데, 우연일까 아니면 내 식의 오류일까. 어느 연예인의 동영상 사건과 그의 친구들이 카톡으로 그것을 공유했다는 범죄에 대한 뉴스가 티브이 채널들을 점령한 후에 벌어진 일을 보며 깨달은 것이 있었다. 그 동영상이 세간에 돌아 많은 사람이 아무 생각 없이, 단지 호기심으로 그것을 보고 있다지 않은가. 문명의 기기와 익명성이라는 편리함은 보통 사람들이 지녔을 사유의 능력을 마비시킬 수도 있다는 것을 보여주는 좋은 사례가 아닌가 싶다. 사유란 자기 성찰이며 남의 입장에 서는 능력이라고 했던 아렌트의 주장에 공감하지 않을 수 없었다.

사유에 대한 새로운 깨달음이라 할까. 전혀 생각이 미치지 못했던 일, 내가 아이 앞에서 별 생각 없이 하고 있는 일. 그 일이 아이에게 미칠 영향이 손목을 잡았다. 탁자를 때려주고 돌부리를 발로 차는 그동안의 내 행동이 아이에게 무엇을 가르치고 있었던가.

"악이란 뿔 달린 악마처럼 별스럽고 괴이한 존재가 아니며, 사랑과 마찬가지로 언제나 우리 가운데 있다." 아렌트의 말이다.

(계간수필 2019년)

꿈속의 사랑
-체 게바라의 삶과 투쟁

장 코르미에의 『체 게바라 평전』을 처음 접한 날이 언제였는지 이젠 기억조차 희미하다. 그러나 강렬한 빨강 색의 표지에 실렸던 그의 얼굴을 보는 순간 방망이질이라도 하듯 가슴이 뛰었던 것은 아직도 생생한 느낌으로 남아 있으니. 그의 이름 앞에 붙은 다양한 수식어가 그를 더욱 돋보이게 했으리라. 달랑 별 하나가 달린 베레모를 쓰고 있지만, 그만의 독특한 매력에 더해 '요절'이라는 애절한 단어가 주는 설렘을 어떻게 부인하겠는가.

아르헨티나의 부유한 집안에서 태어나 의사로 편안한 일생을 살 수 있었으련만 여행 중에 가난과 기아에 시달리면서

질병으로 생을 마치는 농민들을 목격하고 혁명이라는 신념을 세운 사람이다. 그것이 한때 가질 수 있는 젊음 특유의 치기가 아니었을까 싶기도 했다. 그러나 카스트로 형제와 함께 쿠바 혁명에 성공하고 마침내 국립은행 총재, 산업부 장관이라는 직책을 맡지만, 흔연히 그것들을 던지고 자신의 신념을 위해 콩고로 떠나서 마침내 볼리비아에서 사살되는 날까지 일생을 오롯이 자신의 신념을 위해 투쟁한 사람, 나는 체 게바라 외에 그 누구도 떠올릴 수 없다.

쿠바 여행을 생각하면서 헤밍웨이와 체 게바라를 떠올리는 것은 당연한 일이겠으나 고백하건대 나에게 헤밍웨이는 없었다. 오로지 체 게바라와 부에나비스타 소셜 클럽만으로도 가슴이 벅찼다. 이런 나의 설렘을 흔드는 사람이 하필이면 여행사에서 묶어준, 같은 방을 쓰는 동행이 되었으니 이것이 우연이었을까. 반골 기질이 강하고 학창 시절부터 운동권이었다고 자신을 소개한 그는 게바라에 관한 한 매사에 냉소적이었다. 상업화를 위해 그가 과대 포장되었다는 것이다. 나 역시 일정 부분 그 점에 대해서는 인정할 수밖에 없었지만, 도를 넘치는 그의 냉소에 여행 일정을 생각하여 참으려니 두통까지 오곤 했다. 그런데도 틈만 나면 나는 그를 설득해 보겠다고 다가앉곤 했으니 게바라가 저 먼 곳에서나마 내 꿈속의 사랑에 미소를 보내지는 않았을까.

물론 나는 『체 게바라 평전』이라는 안경으로 그를 바라본다. 편향적일 수도 있을 게다. 그러나 한 인간을 제대로 알기 위해 십 년이 넘도록 세계 곳곳을 뒤진 작가의 열정이 내 믿음의 근거였다. 총을 든 투쟁과 혁명이라는 게바라의 신념에 동의하고 있는 것은 아니지만 "모든 진실된 인간은 다른 사람의 뺨이 자신의 뺨에 닿는 것을 느껴야 한다."는 따뜻함이, "우리 모두 리얼리스트가 되자, 그러나 우리 가슴속에 불가능한 꿈을 가지자."라는 깨어있는 정신이 나를 그의 언저리에 맴돌게 한다. 만약 그가 생존해 있다면 제국주의의 착취에서 라틴 아메리카를 해방시키려던 그의 꿈이 안타깝게도 무모한 환상에 지나지 않았다는 것을 그 역시 인정할 수밖에 없었으리라 추측해보기도 한다. 그러나 편안한 삶을 버리고 총을 선택한 게바라를 나는 그의 순수성으로 믿는다. 치열한 게릴라전의 상황에서도 손에서 책을 놓지 않았다는 그가 때론 생텍쥐페리의 '어린왕자'처럼 보이는 것은 어쩌면 보고 싶은 것만을 보고, 믿고 싶은 부분만을 선택하는 심리적 작용일 수도 있을 게다.

쿠바는 '되는 것도 없고 안 되는 것도 없는 나라'라 한다. 한때 우리가 자주 애용했던 말이 아니던가. 쿠바에 만연해있다는 부패는 인간의 욕망 때문만이 아니라 빈곤의 산물이 아닐까 싶어 안쓰럽기도 했다. 그리 멀지 않은 우리의 과거를 보는 심정이었을 게다. 쿠바의 핵미사일 설치를 두고 케네디와 후루시초프의 힘겨루기가 전 세계를 긴장시켰던 일은 아직도 기억에 선연하다. 그 틈바구니에서 사탕수수의 생산에만 의존했던 카리브해의 가난한 섬나라가 생존을 위해 선택한 소련, 그 소련의 몰락이 오늘날 쿠바의 부패와 가난을 초래했을 터다.

목숨을 걸고 총으로 쟁취한 혁명이 아니던가. 새로운 세상에 대한 희망이 오래전에 폐기했어야 할 자동차로 숨이 막히는 매연을 내뿜는 '올드카'라는 여행상품을 팔아야 하는 현실을 만들었다고 단정 지을 수 있을까.

정치란, 체제란 무엇인지 생각하며 공연히 시름에 잠기는 것은 강대국 사이에 끼어있는 우리의 현실이 떠오른 까닭이다.

하나의 라틴 아메리카를 꿈꾸며 총을 들었던 그였지만 치열한 전투 중에도 괴테를 읽고 생의 마지막 순간에도 칠레

시인 파블로 네루다의 시를 베껴 쓴 낭만적인 체 게바라, 사르트르의 '20세기의 가장 완전한 인간'이라는 표현을 빌리지 않아도 꿈에서나마 그를 그리게 한다.

쿠바 여행 며칠 내내 식사 때마다 헤밍웨이가 즐겼다는 모히토가 나왔다. 일행과 건배를 할 때면 자연히 쿠바를 사랑했던 두 사람, 헤밍웨이와 게바라가 떠오르곤 했다. 그런데 문득 헤밍웨이의 『노인과 바다』에 등장하는 청새치와 상어 떼가 쿠바와 제국주의로, 그리고 쿠바 혁명의 성공에 잠시 안도했으나 안타깝게 희생된 게바라를 연상하게 만들지 않던가. 터무니없는 상상이겠지만 한동안 그 생각에서 헤어날 수가 없었다.

체 게바라의 자취를 찾아갔던 여행. 쿠바의 오늘을 보며 어쩌면 그의 삶에 조금은 회의할 수도 있었겠지만, 동행의 냉소가 평생 그를 괴롭혔던 천식처럼 오히려 꿈속의 사랑을 굳게 해준 것만 같다.

(에세이문학 2018년)

잉카의 눈물

-잃어버린 공중도시

하늘길로 만 하루를 넘기고 페루 리마에 도착했다. 자정이 훌쩍 지난 시간에 호텔 앞에 당도하니 이슬비라 하기에도 너무나 가늘고 성기지만 분명 안개도 아닌 무언가가 흩뿌려지고 있었다. 이 지역은 비교적 온난한 사막지대로 5월경에 아주 소량의 비가 내린다고 했다. 그러나 계절과 관계없이 이따금 오는 것, 우리를 맞이했던 것은 '잉카의 눈물'이라는 의미심장한 이름을 가졌다.

안데스의 고원지대에 펼쳐진 잉카의 수도 쿠스코로 향하는 아침 리마의 하늘은 음울한 회색이었다. 페루에 대한 첫인상이 우울이라는 밝지 않은 느낌으로 남은 것은 아마 날씨 때문이었지 싶다. 안데스의 보석 마추픽추, 하늘에서만 제대로 볼 수 있다는 '잃어버린 공중도시'를 향한 내 오랜 염원으로 이 여행을 감행했다. 출발 한 달 전부터 땀을 흘리며 체력을 다지고 적지 않은 비용을 지불해 가며 보약까지 챙겨 먹었지만, 나이는 어쩔 수 없는지 리마에 도착하기도 전부터 허리가 뒤틀리고 다리가 저렸다. 그래서 어두운 분위기를 자아내는 리마의 하늘과 '잉카의 눈물'이 그리 편안하게 다가오지 않았다.

마추픽추나 쿠스코에 관해서 내 얕은 지식이나 변변치 않은 표현력으로 언급하는 것이 잉카의 문명에 오히려 누를 끼칠 것 같아 말을 삼가려 했다. 그러나 경이로웠다는 말을 그대로 삼키기가 어렵다. 눈으로, 피부로 와 닿는 잉카의 모든 것이 한껏 부풀린 기대에 답하듯 가슴을 벅차게 했다. 마추픽추는 아직도 진실이 제대로 드러나지 않은 전설 같은 이야기를 품고 있다 한다. 태양신의 처녀들을 보호하기 위해 건설된 제례 의식의 중심지라거나 잉카 왕족의 여름 별장이라거나 하는 설명으로는 미흡했다. 돌들의 맞댄 이마가 너무나 정교해 신들이 자신의 제단을 직접 만들었다고 해도 믿지 않을까 싶었다. 큰 봉우리 퓨마와 작은 봉우리 콘도르가 날개를 펼치고 수백 년을 보호해 오늘 우리 눈앞에 있다고 하면 그대로 고개가 끄덕여질 것 같았다.

잉카의 후예들은 어디로 갔는가. 늘 외계인을 들먹일 만큼 믿어지지 않는 재능을 부여받았던 잉카인이었지만 그들에게 주어졌던 황금에는 정복자의 죄악을 불러오는 저주가 스며들어 있었던 모양이다.

마추픽추를 향해 찬탄을 보내면서도 실망을 금할 수 없는 것이 있었다. 페루에 살고 있는 순박하고 친절한 사람들. 분노를 모른다고 해야 하려나. 침략자들의 착취나 횡포의 역사를 외면하는 사람들이라 하면 그들이 처했던 상황을 이해하지 못하는 내 무지를 나무랄지도 모르겠다. 스페인의 통치기간 300년이라는 시간은 분노를 간직하고 살기에는 너무 긴 세월이라는 것에 억지로 동의하려 해도 잉카를 피로 물들인 장본인 프란시스코 피사로가 리마에 평화로이 잠들어 있다지 않는가. 이방인인 나마저도 분노를 금할 수가 없는데 그들은 무슨 생각을 하고 있는지 도무지 납득할 수가 없다. 페루의 독립은 원주민 인디오와는 아무 관계가 없는 스페인계 백인들이 그들의 경제적, 정치적인 상황의 변화만을 획득했다는 의미인 모양이다.

나는 아직도 일본이 곱지가 않다. 일본이 만든 제품을 사려면 손이 움츠러든다. 일본이라면 일단 마음으로 눈부터 흘기고, 그것을 당연하게 여긴다. 그런데 페루를 다녀온 후 혼란스럽다. 일제강점기가 35년이 아니라 그 열 배의 시간이었다면, 그래도 일본을 미워할 힘이 남아 있으려는지.

로맹가리의 단편 『새들은 페루에 가서 죽다』를 읽으며 왜 하필 페루인지가 궁금했었다. 그 책이 나에게는 사랑이라는 마지막 희망마저 놓아버린 인간의 고독과 관계의 단절 같은 것으로 다가왔다. 페루의 북서쪽에는 조분석으로 이루어진 섬이 있다고는 하지만 새들이 지친 몸을 누이고 마지막 숨을 내쉬는 곳, 희망의 끈을 놓은 사람이 주저앉는 곳이 페루의 해안으로 설정된 것이 의아했다. 리투아니아 출신의 로맹가리는 프랑스 외교관으로 볼리비아에 재직한 적이 있으니 페루를 잘 알고 있지 않았겠는가. 작가가 특별한 의도 없이 어느 장소를 택할 수도 있지만, 굳이 특정한 나라 이름을 빌려와야 했는지 궁금했다면 내가 과문해서일까.

그런데 페루를 다녀온 후 딱히 꼬집어 설명할 수는 없지만 로맹가리가 말했던 페루를 알 것도 같았다. 나에게 페루는 역사가 단절되고 자신의 정체성을 설명할 길이 없는 나라로 여겨지고 잉카의 후예들이 무기력하다는 느낌을 지울 수가 없어서다. 물론 그들이 겪었을 고난과 항쟁의 역사를 제대로 알지 못하면서 섣불리 그들에 대해 말할 수는 없지만 18세기에 있었던 잉카 부활 운동이라는 봉기를 마지막으로 페루에서는 잉카의 정체성이 드러나는 어떤 것도 용납하지 않는다고 들었다. 잉카의 자손과 스페인과 인디오의 혼혈인 메스티소가 전체 인구의 80% 이상을 차지하는 나라에서 스페인계 백인들만이 권력을 쥐고 있다는 것도 납득하기가 쉽지 않다.

나는 어째서 그것을 무심히 볼 수 없었을까. 일제강점기에 대한 잠재적인 피해의식에서 온전히 벗어나지 못한 탓인지 아니면 우리와 비슷한 외모의 인디오에게 동질감이라도 느낀 것인지 나 스스로도 이해할 수가 없다.

요즈음도 간간이 마추픽추를 떠올리면 아직도 그 감격이 생생하다. 그러나 페루를 생각하면 『새들은 페루에 가서 죽다』에 담긴 절망이 묘하게 겹친다. 그때마다 자연스레 그 나라에 대한 염원이 마음에 담긴다. 무기력한 잉카의 후예를 일깨우기 위해 때때로 '잉카의 눈물'이 뿌려지고 있을 것이라는 믿음을 가져본다. 터무니없는 기원인 줄 알면서도 마음이 하는 일이다.

(계간수필 2018년)

회상에 대한 소고(小考)

-나를 찾는 시간여행, 회상

"나는 보통사람으로 살래요."

초등학교 2학년 손자의 선언이다.

보통사람. 한때 어느 대통령이 자신을 겸손하게 표현했던 말이다. 공부하라고 다그치는 할미에 대한 반항의 선언으로, 오랜만에 그 말을 다시 들었다. 그동안 깊이 생각해 본 적이 없었으나 보통사람으로 산다는 것이 정확히 무엇을 의미하는지. 그것이 그리 어렵지 않던 시절이 빠르게 지나가리라는 예감이 드는 것은 무슨 연유인지.

얼마 전 서점에서 우연히 철학자 김용규의 『철학 카페에서 문학읽기』를 만났다. 책의 마지막 챕터는 〈나를 찾는 시간여행, 회상〉으로 마르셀 프루스트의 장편소설 『잃어버린 시간을 찾아서』에 대한 통찰이었다. 기억에 관한 '놀라운 성찰, 곧 과거에 대한 회상을 통해 드러나는 새로운 시공간'과 이것에 대한 철학적인 해석이 담겨 있었다.

작가는 『잃어버린 시간을 찾아서』를 관통하는 주제가 '인간에게 기억이란 무엇이며 어떤 일을 하는가'라 해석한다. 시간의 무참한 파괴성으로 인해 잃어버린 시간, 그것을 되찾게 해주는 것이 회상이며, 회상은 과거의 현재인 기억과 현재의 직관, 거기에 미래의 현재인 기대를 연결해 인간의 자기 동일성인 정체성을 확보할 수 있게 해준다는 것이다. 또한 우리 삶의 의미와 가치까지 되찾아 준다니. 회상이 불러온다는 결과나 그 효과에 반신반의하면서도 어느 사이 나를 설득하고 있었다.

기억이 강물처럼 흐르는 시간의 축척이라면 그 단면을 떠올리는 것이 회상이리라.

지난여름은 폭우라는 표현이 부족할 만큼 하늘이나 바다가 그대로 육지에 쏟아져 들어온 날들로 기억에 남을 것이다. 특히 포항의 참상은 힌남로라는 특이한 이름까지도 쉽게 잊히지 않을 성싶다. 태풍 때면 늘 떠오르는 어린 날의 흔적이 묻혀있는 곳이 포항이라 그 사건이 나에게는 더 크게 부각되었지 싶다.

　내가 초등학교 4학년이었으니 벌써 육십여 년이나 지났나 보다. 추석을 그대로 소용돌이에 몰아넣은 태풍 사라호 때였다. 엄마의 심부름으로 집을 나서자 얼마 지나지 않아 책받침으로 얼굴을 때리는 것 같은 비와 거센 바람에 몸이 떠밀리다가 동생이 들고 있던 우산이 뒤집히더니 길을 따라 날아가 버렸다. 하필이면 부산에서 오신 이모의 일제 양산이었으니. 당시에는 흔치 않던 것으로 예쁜 꽃무늬가 마음에 들었던 동생이 엄마 몰래 들고나왔던 모양이다. 소심했던 나는 엄마의 꾸지람이 두려워 선뜻 대문으로 들어서지 못하고 딸들을 찾아 나선 엄마의 눈에 띌 때까지 집 주위에서 어정거려 비 맞은 생쥐 꼴이 되었다. 엄마의 매운 손바닥으로 등짝을 맞았다. 걱정했던 우산 때문이 아니라 언니가 동생을 챙기거나 엄마가 걱정할 생각은 않고 꾸중을 피할 궁리만 했다는 이유였다. 큰딸이라 동생들을 대신해 자주 꾸중을 듣곤했지만 그날은 명절이라 엄마의 손바닥이 유난히 아프고 서러웠다. '부족한 책임감'에 대한 질책이었겠지만 겨우 열 살인 아이에게는 버거운 요구가 아니었나 싶기도 하다.

　이것을 잃어버린 시간을 찾은 것이라 할 수 있을까. 지난

날 내 삶에 밀려왔던 크고 작은 파도들. 그것을 헤쳐나갈 수 있도록 지탱해 주었던 것이 어머니의 매운 손바닥으로 각인된 '책임감'이었을까. 자식 둔 부모면 당연히 감당해야 할 내 몫이라 믿으며 주어진 상황에서 숨지 않았으며 손자를 돌보며 내 아이들에 대한 사랑을 지켜나갈 터이니 책임이라는 것이 나의 정체성의 뼈대인 건 분명해 보인다.

의미의 범위가 정해진 하나의 어휘로 자신의 정체성을 드러내기는 어렵겠지만 회상이 자기 동일성의 큰 부분을 확보해준 것이려니 짐작해 본다.

그러나 어디 나쁘이겠는가. 책임감이란 굳이 가르치지 않는다 해도 부모님을 보면서 자연스레 체득할 수 있었던 시절을 우리는 살아오지 않았는가. 부모님 또한 가족이나 사랑이라는 어휘로 가장 먼저 떠올릴 당신의 부모님으로부터 보고 들어온 것을 그대로 자식들에게 전하셨을 것이다. 평범하게 살아 온 보통사람들에게 자연스레 전해지는 것, 그것이 책임감이라는 이름의 가족 사랑이리라.

하루가 다르게 급변하는 세태다. 온라인이 일상화되고 가상현실이 등장하면서 시간과 공간에 대한 개념마저 흔들린다. 결혼은 삶의 과정에 대한 선택이며 출산이 저울질 대상이 된 현실, 자신의 정체성이나 가치관을 지키며 이 변화의 속도와 발맞추어 산다는 일이 가능하려는지.

훗날 문득 손자가 어린 날 불쑥 내밀었던 선언을 '회상'하게 된다면, 급변하는 세태에 흔들리지 않고 제가 지닌 가치관을 지키며 가족을 사랑하는 보통사람으로 살고 있는 자신의 정체성을 확인할 수 있기를 기도한다.

(에세이문학 2022년)

장쾌한 유린, 소나기
-목성균의 웅숭깊은 시선과 사유

물의 폭탄이 만든 철책에 갇혀 온 나라가 신음하고 있는데 느닷없이 '고마운 소나기'가 떠올랐으니. 재해를 불러온 물의 횡포에 마냥 눈을 흘기기만 할 수 없는 탓이다.

글로 대할 수 있는 소나기라면 누구나 황순원의 〈소나기〉가 먼저 떠오르지 않을까. 나는 그랬다. 목성균의 〈소나기〉가 있는 『행복한 고구마』를 만나기 전에는.

십여 년 전 그 책을 처음 손에 든 날, 깨기 싫은 꿈을 꾸고 있는 것처럼 나는 책 속에 빠져있었다. 〈소나기〉를 시작으로 마지막 장의 '아버지와 아들은 닮아 있다.'까지 한 자리에서 읽었다. 더러 한숨을 쉬었으리라. 감동의 탄식 같은 긴 숨 말이다. 두 번째 읽을 때부터는 한 문장을 읽고는 눈을 감고 그림을 그리기도 하고 글의 상황으로 슬쩍 들어가 보기도 하면서 찬탄했다. 글쓴이의 웅숭깊은 시선과 사유가 부러웠다, 그를 키워준 고향과 할머니를 먼발치에서라도 보고 싶었다.

삼복더위에 퍼붓는 소나기. 그것은 체온이 버틸 수 있는 한계선을 넘어서까지 무모하게 인내하는 농부에게 '여름날이 줄 항복을 하는 것'이라 했다. 날씨가 마침내 "내가 졌다." 하듯 시원한 바람으로 들판을 흔들어 놓고 나면 뒤따라온 소나기는 숨 붙어 있는 어느 것 하나 놓치지 않고 후려치면서 지나간다. 그제야 '축 늘어져 있던 모든 생명이 시퍼렇게 너풀너풀 일어서는 것이다. 동학군 같은 기세로.' 그렇게 온 동네를 무자비하게 유린한 소나기가 남기고 가는 것은 고소한 기름 냄새다. '할머니는 막걸리 한 대접을 단숨에 비우시고 적을 손으로 뜯어 입에 넣고 씹으시며 "참 맛있다." 하셨다. … 소나기가 우리 할머니를 가차 없이 유린한 것은 그 맛을 주기 위해서였다. 고마운 소나기-.'

할머니의 '맛있다'에 가슴이 뭉클해지는 것은 '무지개보다도 더 고운 삶의 실정'과 흑백 영상이라면 모를까 글로는 드러내기 어려운 삶의 무게가 미각으로 남은 그 한마디에 담겨 있기 때문이다. 한 줌밖에 안 되는 몸이지만 '누에 실 게워내

듯' 끝없는 노동으로 가족에 헌신하는 할머니, 사랑 아니고는 설명할 수 없다. 그 사랑으로 사시사철 쓰시던 땀에 절어 퀴퀴한 냄새가 배어있는 살갗 같은 당목 수건을 추위와 허기에 지쳐있는 〈소년병〉의 볼을 싸매주고, 된서리 내린 밤이면 그 인민군에 대한 걱정으로 잠을 이루지 못한다.

할머니가 내뱉는 또 다른 감탄사 '참 좋다'에는 누구나 애틋해지리라. 매운 바람소리 나는 해거름에 화롯불의 온기로 안락한 방안에 모여 있는 식구들. 튀장 냄새 하나만으로도 진수성찬이 되는 밥상머리에서 '식구 중 아무도 그 풍세 속에 나가 있지 않다는 사실' 때문에 한숨처럼 토하시는 말 "참 좋다." 긴 말 필요 없는 피붙이 사랑이 아닌가.

소나기의 횡포에도 꿋꿋이 자리를 지켜 황량한 늦가을 산야를 하얗게 빛내주는 〈억새〉. 그것이 '강화도 해안 단애에'서는 '흰 중의적삼을 입은 개항기의 민병'들이 무너지고 말 필연의 보루를 끝까지 버티던 자랑스러운 민족혼에 찬 가긍한 기개 같아 눈물겨워진다는 작가다. 선 자리에 따라 나라를 지키겠다는 결의에 찬 민초가 되기도 하고, 간구한 시대에서 오늘에 이르게 한 촌로들에게 열병식을 바치는 식물로 비친다는 게 나에게도 저항 없이 받아들여지니, 깊이를 가늠할 수 없는 그의 사유가 부러웠다.

설달 그믐밤 기소중지 중인 도벌꾼을 잡으러 간 권 주사와 작가의 눈에 들어온 '하얀 고무신과 다 헐고 흠뻑 젖어있는 농구화 그리고 조약돌같이 작은 까막고무신'은 이미 그들이 직무를 제대로 이행할 수 없으리라는 예감으로 이끈다. 도망가는 도벌꾼을 뒤쫓지 않고 울고 있는 아내와 어린애에게 다가가 "아가야, 아빠 까까 사러 갔다."라 위로하는 〈어떤 직무유기〉는 따끈한 온돌방에 깔린 이불 속에 시린 발을 넣는 것 같다.

그뿐인가. 늦은 밤이면 졸면서 자신을 기다리는 처를 위해 수족을 잘 못 쓰는 아주머니에게 팔릴 것 같지 않은 군고구마 몇 알을 사는 것으로 일과를 끝내는 작가. 냉기가 혹독해 숨쉬기조차 힘든 밤, 아주머니 대신 아들에게 군고구마를 사면서 가슴에 군고구마를 품고 '만선의 어부'처럼 돌아가는 그를 위해 늦도록 기다리다가 아주머니가 몸져누운 걸 알게 된다. 마음과 마음이 닿은 정에 고구마도 행복해진다는 이야기다. 이 사연들이 눈길을 끄는 건 이제 더는 찾아보기 힘든 마음 씀씀이인 까닭이다.

흐린 겨울날도 농부의 고마움과 간절함이 담겨 있어 오두

막집의 아궁이처럼 아늑했고 늘 인기척을 느낀다는 〈다랑 논〉이 간곡히 들려주는 말은 '착하고 부지런히 사는 끝은 있 는 법이여-'다. 거기에 더해 눈바람이 흩날리는 겨울 해거름 에 홀아비 사위가 한지로 싼 작은 돼지다리와 술 한 병이 든 주루막을 지고 '고개를 넘고 강 벼루를 돌아'와 환갑잔치한 인사로 장모님께 큰절을 올리는 〈고모부〉. 이제는 잊혀져가 는 사람의 도리며 우리가 새겨야 할 마음가짐이 아닌가 싶 다.

나는 책과 함께 녹동을 다녀오고, 조선무의 무게에서 삶이 하찮을 수 없다는 생각을 배운다.

'순식간에 들판을 유린'하는 소나기. 범죄의 냄새가 묻어있 는 '유린'이라는 어휘에 단단한 근육을 붙여 더는 장쾌할 수 가 없게 해주는 〈소나기〉가 있는 책을 다시 꺼내 본다.

하늘이 형벌을 내리는 것 같은 물 폭탄 속에서 책을 든 것 은 그 속에 담긴 사람살이 이야기가 가뭄으로 갈라진 논바닥 같은 내 감성을, 물질의 풍요 속에서 축 늘어져 버린 우리의 정신을, 유린해 주는 소나기가 될 수 있으리라는 기대 때문 이다. 작가가 가졌던 자연에 대한 경외심과 함께 삶에 대한

우리의 자세를 다시 가다듬어야 할 때가 빠르게 지나가고 있
다는 조바심 또한 책을 바싹 당겨 들게 한다.

(그린에세이 59호 2023년)

저녁노을

노을이 고운 날입니다.

선생님! 평안하신가요? 선생님을 마지막으로 뵌 게 언제였는지, 이제는 제 기억조차 믿을 수 없을 만큼 세월이 흘렀습니다. 이십여 년 전 제가 일하고 있던 반포 현대백화점 앞에서 우연히 마주친 날이 아닌가 싶습니다. 그날 저는 바쁘다는 핑계로 도망치듯 선생님을 피해 달아났었죠. 한동안 그날의 제 행동이 부끄러워 얼굴이 뜨거워지곤 했었습니다.

올해 초에 선생님에게서 달아나게 했던 옷장사라는 겉옷을 벗었습니다. 이태 전부터 염두에 두고 있었던 일이라 담담히 아니 기꺼이 질척대는 무거운 외투를 벗어버렸습니다. 돌이켜보면 낭떠러지에 떨어진 제게 주어졌던 고마운 탈출구였는데 저의 못난 허영심은 늘 주어진 자리를 투덜거리게 만들곤 했습니다. 이제부터 저를 기다리고 있는 시간은 오롯이 제가 하고 싶은 일들로 채워질 햇살만 가득 할 날들이 될 것 같았습니다.

행간까지 촘촘히 읽겠다는 다짐으로 구입해 놓은 백 권의 『세계문학전집』이 책장 옆에 쌓아 둔 박스들 속에서 오래전부터 제 손길을 기다리고 있었습니다. 역사를 모르고 어떻게 문학에 접근하려느냐고 자신을 질책하며 샀던 동서양 역사 서적들이며 그림을 보는 눈을 길러보겠다며 쟁여놓은 『세계미술대전집』은 이제 언급하기도 부끄러울 만치 먼지가 쌓여 있어 마음으로는 이미 말끔히 청소부터 했습니다.

그뿐이겠습니까. 패키지여행으로는 성에 차지 않는다고 미뤄둔 중남미 여행, 특히 페루의 마추픽추와 쿠바의 아바나 해변이 저를 행해 달려오는 것 같았습니다. 재즈클럽 블루노트, 한 시절 저를 사로잡았던 체 게바라의 역사적인 장소들과 볼리비아의 우유니 소금사막을 떠올리면 가슴이 두근거리곤 했습니다. 영화 『아웃 오브 아프리카』를 본 후 늘 가고 싶었던 케냐, 그 초원의 장엄한 일몰 또한 빼놓을 수 없었습니다.

퇴직 후 두어 달은 구름 위를 떠다니는 듯했습니다. 어딘가 낯선 곳에 지도 한 장 없이 도착해 이제부터 보게 될 신세계를 생각하기에만 몰두하고 있었다고 할까요. 현실감 없는 계획과 구체적인 실행에 대한 준비도 없이 시간을 보내고 있었습니다. 그래도 초조하기는 했었나 봅니다. 집에 쌓아둔 책이 모자라기라도 한 것처럼 도서관에서 책을 빌려 오기도 하고 인문학 강의를 듣겠다고 밤길을 몇십 킬로나 운전하곤 했습니다. 마치 옷 장사로 사느라 뒷전으로 밀어두었던 일들을 해치우는 심정이었다고 할까요. 어느 날은 밤새워 책을 읽고 이튿날부터는 침대와 텔레비전 앞에서 떠나지 않는 불규칙한 나날이 마침내 위장장애를 불러왔습니다. 자리를 털고 일어나자마자 체력을 키우겠다며 무리하게 운동하고 다시 몸살을 앓곤 했습니다.

그렇게 몇 달을 보내고 나니 이대로는 안 되겠다는 자각이 왔습니다. 이제는 막연한 계획과 터무니없는 상상에서 벗어나 차분히 자신을 들여다보고 실행이 가능한 일들을 하나하나 짚어 보아야 했습니다. 조급함이 주는 불안에서 벗어나고 싶었습니다. 제가 그토록 벗고 싶었던 옷 장사라는 외투, 그것이 오히려 저를 가려주는 보호막이었다는 것을 깨닫기까지 그리 긴 시간이 필요치 않았습니다. 대책 없는 고질병, 게으름에 발목이 잡혀 허둥거려온 지난날에 유일하게 내세울 수 있었던 핑곗거리였습니다. 그것을 벗고 나니 무슨 일이건 늘 머뭇거리기만 하는 자신에 대해 변명을 할 수도 없거니와 거창한 계획이 오히려 벽이 되어 앞을 가로막고 불안을 가중시키고 있었습니다.

버킷리스트라 하던가요? 죽기 전에 꼭 해보고 싶은 소원 목록을 만들어 볼 작정이었습니다. 종이 한 장이 모자랄 줄 알았는데 막상 하나씩 적어보려고 하니 이번에는 제가 할 수 있는 일, 꼭 해야 할 일이 하나도 떠오르지 않는 겁니다. 하고 싶은 것은 해낼 자신이 없고 그것들을 빼고 나니 막막했습니다.

불현듯 선생님이 떠오른 것은 제 막막함 때문일 것입니다. 노랫말처럼 '어느 날 여고 시절' 저희에게 핑크빛 설렘을 안겨주셨던 총각 선생님. 제게 릴케를 일러주시고 영문과가 아닌 독일어로 전공을 바꾸는 계기를 만들어 주셨던 선생님. 오래도록 저에 대한 기대의 끈을 놓지 않으셨죠. 선생님! 감사드리는 걸 왜 이리 미루기만 했을까요. 뵙고 싶습니다. 제가 숨어버렸던 날의 부끄러움도 지워내고 싶습니다. 'Carpe

Diem' 오늘을 살아라. 이 역시 선생님의 충고였지요. 이 나이쯤 되니 오늘이 내일에 닿는 건 아니라는 것을 자연스레 알게 되는군요.

저녁노을, 지는 해가 뿌려주는 햇살이 먼지를 만나 만들어낸 처연한 아름다움. 하루를 잘 이끌어 온 해가 오늘을 향해 흔드는 화려한 작별의 손수건일까요, 먼지처럼 하잘것없는 사람이지만 주어진 오늘 하루 마음이 시키는 대로 살아보려 합니다. 고운 노을을 꿈꾸면서요.

선생님! 꼭! 꼭! 안녕하셔야 합니다.

(에세이21 2018년)

나를 사로잡는 사람들
-자유로운 영혼의 소유자

　벌써 6년째다. 인문학 강의나 들어볼까 해서 들어간 방송 대였다. 방송강의라 편한 시간 아무 때나 들을 수 있어 좋기도 하지만 듣고 돌아서면 잊어버리는지 늘 처음처럼 새로우니 외려 다행한 노릇이라 할까.

　요즈음은 세계의 역사 속을 자주 유영한다. 역사 강의는 듣는 동안 나이를 잊고 세월을 거스를 수가 있어 좋다. 빈약한 상상력을 추가하다 보면 분별력 떨어진 내 주체가 역사의 현장에 끼어들기 일쑤다. 그럴 때면 세월과 함께 움츠러들었던 마음이 기지개를 켠다. 물론 현실로 돌아오면 자신이 더욱 왜소해 보이는 부작용은 감수해야 한다.

　한동안 유목 민족들이 주인공이 되는 중앙아시아 역사에

빠져있었다. 어린 날 나의 우상이었던 테무친이 말을 타고 광활한 초원을 달리면 겁이 많아 그네 한번 제대로 타보지 못한 내가 어느새 말 잔등에 오르곤 한다. 그뿐인가. 몽골의 후예라 자처하고 나선 티무르제국이 동방의 로마였다는 대목에서는 공연히 어깨에 힘이 들어간다. 60의 나이에도 전장을 누비는 티무르. 역사 속에서 요즘은 보기 드문 진짜 사나이들을 만나는 것이 즐겁다.

얼마 전에는 전혀 예상치 못한 나라에서 나의 관심을 끄는 멋진 두 남자를 만났다.

러시아 역사에서다. 전제군주 예카테리나 2세가 18세기 후반 차르체제를 확립해가는 과정에 대한 강의였다. 농민들의 이동을 금지하고 인두세를 부과하는 농노제에 반발해 변경지방으로 도망한 자유농민 집단인 코사크들이 반란을 일으켰는데 그중에서 푸카초프의 반란을 배경으로 쓴 작품이 푸시킨의 『대위의 딸』이라 했다. 책 제목은 희미했지만 푸카초프라는 이름은 기억에 남아 있었다. 책장을 뒤져 다시 읽었다.

푸시킨은 푸가초프의 반란에 관한 소설을 쓰기 위해 '그 반란을 진압한 수보로프의 전기를 연구한다는 구실로 그때

까지 극비에 묻혀있던 푸카초프 반란 자료를 볼 수 있었다.'
고 한다. 그는 이 자료와 함께 현장 고증을 거친 후 생생한
역사를 배경으로 작품을 집필했다고 전해지고 있다. 극비문
서를 통해 본 푸카초프는 푸시킨에게 어떤 영향을 미쳤을까.
  잘 알려진 책이라 언급하기가 조심스럽지만『대위의 딸』에
등장하는 푸카초프를 따라가 보려 한다.

  아버지의 강요에 의해 변방의 요새로 부임하기 위해 길을
나선 주인공 표트르. 그의 고집 때문에 포장마차는 눈보라
치는 밤에 길을 잃는다. 그들 앞에 나타나 길을 안내하며 합
류하게 된 사람이 푸가초프다. 그를 처음 만난 날, 마차에서
잠시 잠든 표트르의 꿈은 방금 만난 나그네 푸카초프가 양아
버지로 등장하면서 피로 물드는 방을 보여주는 것으로 소설
의 전개와 결말을 예고하고 있다. 코사크 반란을 주도하며
폭도의 괴수가 된 푸카초프는 까마귀로 삼백 년을 사는 것보
다 독수리로 살기를 택한다는 칼미크 노파의 이야기로 자신
의 선택을 드러내는 인물이다. 자신이 어려움에 처했을 때
호의를 베풀었다는 이유 하나만으로 진압 작전에 참가한 표
트르가 그들의 포로가 되었을 때 그대로 돌려보낸다. 명령이

있으면 그에게 총을 겨눌 수밖에 없다며 명예를 지키려는 표트르의 진심을 이해하며 끝까지 보호해주는 따뜻한 마음의 소유자이기도 하다. 표트르 역시 푸카초프가 체포되었다는 소식을 접하자 그가 전장에서 죽지 못한 것을 애석해하는 것으로 그에 대해 가볍지 않은 연민을 드러내고 있다.

작가 푸시킨은 어떤가. 귀족이라는 그의 신분을 생각하면 당시의 체제에 반란을 일으킨 인물 푸카초프에 대한 묘사에는 의아해진다. 내 고정관념 탓일까. 소설이니 등장인물에 대한 어느 정도의 미화나 과장을 감안한다 해도 '명석한 두뇌와 예민한 감각을 가진'이나 '그의 얼굴 모습은 단정하여 상당히 호감을 주는 편이었으며, 흉악하게 생긴 곳이라고는 한 군데도 없었다.'에서는 이미 푸카초프에 대한 푸시킨의 내면을 짐작해 볼 여지를 남기고 있지 않은가. 푸시킨이 역사 속의 인물 푸카초프에게 호감을 가졌거나 그의 반란에 공감하는 면이 보인다고 한다면 지나친 유추라 할까.

정치적 자유를 찬양하는 수많은 시를 발표해 당시의 통치자 알렉산드르 1세와 불화했던 푸시킨이 아닌가. 『대위의 딸』역시 자유를 쟁취하기 위해 폭동을 일으키고 참수당한 푸카초프의 삶에 젊은이의 사랑이야기를 덧입힌 소설이라 생각해도 과히 틀리지는 않을 것 같으니. 물론 내가 과문한 탓에 푸시킨의 의도를 제대로 따라가지 못했을 수도 있다.

'러시아의 봄이며 러시아의 아침'이라 불리는 푸시킨, 일정한 거처 없이 도망자로 떠돌면서도 농노가 되기를 거부한 자유로운 영혼의 소유자 푸카초프.

길들여진 새는 자유를 노래하지만, 야생의 새는 날아다닌다 했던가. 그들은 견고한 시대의 장벽을 뛰어넘어 자신의 의지를 관철하려 한 인물들이다.

늘 망설이기만 하면서 무기력하게 나이 들어가는 자신에게서 벗어나고 싶은 마음이 그들에게 가까이 다가가게 하는 모양이다. 세월과 함께 들어선 자아라는 벽. 그 부실한 벽마저도 나를 옥죄는 날이 있다. 그런 날 나는 역사 속으로 들어간다.

(에세이21 2023년)

3
...
희
망
이
라
는

이
정
표

희망이라는 이정표

매일 아침 차에서 음악방송을 듣는다. 체육관으로 가면서 듣는 방송이다. 출근 시간대와 겹쳐 집에서는 한 시간 이상 운전을 해야지만 교통체증에도 그다지 지루하지가 않다.

음악에 젖다 보면 선율에 대한 아쉬움이 남아 오히려 차에서 내리기를 주저할 때가 종종 있다. 전에 일하던 곳 근처의 체육관인데 일을 그만둔 지 일 년이 지나고 있는데 아직도 그곳을 향해 운전대를 잡는다. 늘 보는 친숙한 얼굴들이 그 곳으로 가는 이유지만 오롯이 나만의 공간에서 듣는 음악을 놓치고 싶지 않아서이기도 하다. 또한 에센스 같은 멘트 역시 빠뜨릴 수 없다.

며칠 전에는 12살부터 갱에서 하루를 살아야 했던 어느 광

부가 말하는 '눈부신 지상에서의 하루'라는 말이 귀에 맴돌았다. 내가 딛고 선 당연하고 평범했던 '지상'을 새로운 시선으로 바라보게 했고 공연히 송구스러워졌다. 아마 눈에 들어온 모든 것에 고마움을 느끼며 조금은 생각이 깊은 하루를 보내지 않았나 싶다.

오늘도 아침에 들었던 말에 온종일 마음이 기울어졌다. 음악을 신청한 사람이 92세였다. 평생에 처음으로 하는 일을 하루에 하나씩 해보려는 계획을 세우고 실행 중인데 오늘은 그 일이 음악 신청이란다. 백세시대라고들 하는데 그 나이에 음악 신청이 뭐 그리 대수로운 일이냐 할지 모르겠다.

20여 년을 애청하다 보니 나 역시 더러 신청해 보고 싶다는 생각은 했지만 막상 실행에 옮기지는 못하고 있다. 그래서 92세에 처음으로 용기를 낸다는 게 예사로 들리지 않았다. 거기에 더해 매일 새로운 일을 시도한다지 않는가. 예상치 않았던 삶의 이정표를 만난 것처럼 가슴이 설렜다. 새로움이 주는 생동감과 함께 계획이 달성되었을 때의 성취감은 하루의 활력소가 되지 않겠는가. 92세의 나날이 활기찰 수 있다는 게 범상한 일인가.

어떤 분일까. 그 생각에서 벗어날 수 없는 건 같은 연배의 내 어머니 때문이다.

어머니의 하루는 고통의 다른 말이다. 입원은 한사코 마다하시면서 약을 타러 가는 날짜를 손꼽는다. 세월의 무게에 짓눌려 허리가 휘어지면서 어머니는 내일을 계획하지 않으신다. 하루치의 삶을 버티는 것이 벅찬 분에게는 자식들에게 폐가 되지 않겠다는 마음 다짐이 유일한 소망이다.

벌써 몸이 삐걱거리는 나 역시 자연스레 90대는 여생일 뿐이라 생각했다. '백세'란 희망으로 가는 나이가 아닌 재앙으로 떨어지는 길이라 단정했다. 90대의 삶이란 의지에 의해 움직이는 '그리고'의 시간이 아닌 고통으로 채워진 '나머지'였다. 오늘 아침 방송에서 만난 92세를 무심히 지나칠 수 없었던 이유다. 계획이라는 씨앗을 준비하는 하루는 생의 겨울날이라 할지라도 따뜻한 예감만으로도 시린 손끝을 데울 수 있으리라.

몇 해 전부터 익숙하고 편안한 것에 안주하려 들고 무슨 일이건 시작도 하기 전에 마음이 먼저 두 손을 내젓곤 했다. 자연히 포기하는 일이 많아졌다. 나이라는 숫자가 늘 주위를 살피게 만들고 매사에 주저하게 했다.

지난해에 자신을 다잡으려 생의 두 번째 스무 살이 되기로 했다. 그 과정이 조금은 팍팍하겠지만 성취감은 두 배가 되지 않을까 싶었다. 방송대 편입, 두 번째의 학창 시절로 돌아왔다. 과제물을 작성하고 시험 준비를 하면서 잠을 줄이는 것도 싫지 않았다. 편입이 아니라 입학이어야 했다며 자신을 나무랐다. 그러나 한 해를 채우면서 조금씩 흔들렸다. 뇌에 실렸던 옛것들이 슬며시 자리를 옮기는지 늘 불러오던 이름 하나를 찾으려 해도 시간이 걸리고 때로는 흔적도 남기지 않고 사라진다. 첨단의술의 도움으로 뇌에 이상이 온 건 아니라는 결과에 안도했지만 나이가 자주 다가와 어깨를 짓누르곤 해 주저앉고 싶은 이즈음이었다. 그러니 92세의 하루 계획을 듣는 순간 해 질 녘에 등불 하나 건네받은 심정이었다.

음악 신청으로 추억 하나가 불쑥 얼굴을 내민다. 대학 시절에 방송을 통해 고백을 들었던 빛바랜 기억이다. 모처럼 만난 달콤한 추억을 붙들고 잠시 그 시절로 돌아가 보았다. 그러나 혀끝에 단맛을 주던 기억이 끌어올린 내 젊음은 마냥 화사하지만은 않았다. 기대치에 못 미치던 대학 생활, 매사에 부족하기만 한 자신에 대한 좌절. 잠들지 못하는 긴 밤들이 있었다. 그런데도 그때를 돌아보기만 하는 것으로도 가슴이 훈훈해지는 건 무슨 조화인지. 기억이란 추억을 잘 포장하는 솜씨 좋은 기술자인가 보다. 가슴에 품은 설익은 과일은 시간의 숙성을 거치면서 언제 음미해도 좋은 향마저 머금는 것 같다.

92세가 건네준 삶의 이정표는 다만 설렘으로 그칠지도 모르겠다. 허나 다가올 겨울날을 대비해 따뜻한 방석이라도 장만하는 심정으로 그 설렘을 고이 간직하련다.

희망 하나 달랑 남았다는 판도라의 상자. 그 상자는 어느 나이에 품어도 좋을 보물인가 보다.

(에세이문학 2019년)

보고 싶은 내 강아지들

만개한 배롱나무에 여름이 무르익는다. 이팝나무에서 내리던 하얀 꽃비가 문득 산책길 발길을 잡던 봄날이 가고, 흩날리려고, 지려고, 홍자색 꽃은 여름날을 밝힌다.

"무겁지 않니?"
"괜찮아요. 내 강아지 괜찮아?"
등에 업힌 제 아이를 돌아보는 아들의 말이다.
순간 가슴이 뭉클해지며 갑자기 눈물이 핑 돈다. 불현듯 떠오른 아버지, 가신 지 삼십 년이 가까운 당신의 모습이 스쳐 가며 까마득히 잊고 있었던 기억 하나가 떠오른다. 육십여 년의 세월에 흐려진 추억을 되돌리려니 마치 아득한 옛이야기의 책장을 펼치는 것 같다.

초등학교 입학쯤이 아니었나 싶다. 아버지는 나를 업고 칠흑 같은 어둠을 통과하고 있다. 그믐 즈음이었는지 달빛마저 지워졌다. 익숙한 길이라 간간이 발길에 닿는 별빛에 의지해 걸을 수 있지 않았겠는가. 그때 내가 알고 있던 유일한 시골, 조부모님이 계시는 집으로 가는 중이다. 왜 어머니와 동생들은 함께 하지 않았을까. 막내는 태어나지도 않았을 때이니 젖먹이를 포함해 두 살 터울의 아이 넷과 함께 움직이는 것은 무리였을 게다. 맏이인 나만 데리고 나선 것이리라. 동행들이 주고받는 이야기 소리가 귓가에 맴도는데 누구였는지 기억에 없다. 배경음악 같은 웅웅거림은 풀벌레 소리거나 개구리 울음소리였을 터. 어둠 속에서 귀신이 나올 것만 같아 아버지의 넓은 등에 달라붙어 뺨을 대고 숨죽였던 기억이 생생하다.

처음에는 나도 아버지의 손을 잡고 걸었던 것 같다. 가로등 없는 낯선 길에서 자꾸 넘어지니 등을 내주셨을까. 다 큰 녀석인데 내려 걷게 하라고 누군가 아버지를 나무랐다. 그때 아버지가 내 엉덩이를 토닥거리며 하신 말씀이다. "괜찮아요. 내 강아지 괜찮아?" 혹여 내려놓을까 봐 두려웠던지 아버지의 따스하던 등보다 더 안온하게 들렸던 그 말이 아직도 마음을 데운다. 당시 나는 아버지의 강아지였다.

얼마 전 작은 아들네와 야간에 개장한 경복궁을 관람했던 날이다. 금요일이라 퇴근길에 그곳으로 바로 온 아들과 주차장에서 만났다. 올해 초등학교를 입학한 손자는 한 시간 넘게 축구를 한 탓인지 궁궐에는 별 관심이 없었고 지친 기색만 역력했다. 아무 데나 주저앉는 아이를 제 아비가 덥석 안아 등에 업었다. 온종일 직장에서 시달렸을 아들의 등에는 무겁다며 빼앗아간 내 손가방을 비롯해 음료수병들과 간식거리로 이미 묵직해진 배낭이 늘어져 있었는데 그 위에 아이를 앉혀 업었다. 눈에 넣어도 아프지 않을 손자였지만 그때는 그리 예뻐 보이지 않았다. 아들은 내 강아지였다.

나의 강아지, 막내는 어릴 때부터 유난히 동물들을 좋아해 적잖은 이야깃거리를 만들었다. 초등학교에 들어가면서 교문 앞에서 사 온 병아리를 시작으로 며칠만 돌보아주기로 했다는 고양이, 거북이, 금붕어, 갖가지 곤충들, 나중에는 창틀에 과자부스러기를 놓아 불러 모은 비둘기들까지 일일이 열거하기도 어렵다. 마르티스 종의 갓 태어난 강아지를 키운 것도 아이와의 약속 때문이었다. 현관문만 열리면 밖으로 달

아나곤 하는 말썽꾸러기라 집을 찾아오겠거니 하고 내버려
둔 날이 있었다. 개가 없어졌다는 말을 듣고는 길을 잃고 차
에 치여 죽기라도 하면 어떻게 하느냐고, 차라리 자기가 죽
었으면 좋겠다며 울부짖는 것이 아닌가. 다리가 후들거렸다.
아파트 방송까지 해서 어렵사리 찾은 개를 칠 년 넘게 키웠
다. 집안의 형편상 더는 데리고 있을 수 없게 된 날 나 역시
눈물을 삼키며 아이 친구 집으로 떠나보냈다. 지금은 제짝이
결혼하며 데려온 고양이를 가족처럼 챙기며 지낸다.

집 근처의 호수공원을 매일 걷는다. 산책길에서 마주치는
셋 중 한 사람쯤은 예쁘게 치장한 개를 안고 있거나 목줄을
잡고 있다. 유모차에 아이 대신 개를 태우고 오는 사람도 이
따금 눈에 띈다. 앙증스러움이 눈길을 끌어 한참씩 바라보면
서도 공연히 걱정이 앞선다. 애완동물 정도를 넘어 반려동물
이라고들 하지 않는가. 혹여 '내 강아지'가 동물로 대치된 건
아닌가 싶어 예사로 볼 수가 없다. 이런 걸 노파심이라 하려
나. 아비의 등에 업히고 어미와 손을 맞잡은 '내 강아지'들을
더 자주 보았으면 좋겠다.

민들레는 제 뺨이 땅에 닿도록 안간힘을 쓰기도 하며 꽃을
피우고서야 키를 키운다. 힘이 드는지 더러 누웠다가는 다시

일어난다. 솜털을 달고 씨앗을 바람에 흩날리는 민들레의 지혜에 찬탄한다. 지기 위해서, 흩날리기 위해서 꽃은 핀다. 하물며….

(그린에세이 46호 2021년)

지워진 1순위

'내가 만약'이라는 생각으로 눈을 감으면 상상의 날개는 결코 지치지 않는다. 물론 자신의 자질은 염두에 두지 않은 희망사항이었을 뿐이다.

내가 만약 어린 한때의 꿈을 따라 '시인이나 신문기자가 되었더라면' 이나 부모님의 꿈을 헤아려 '외교관이 되었다면' 같은 것에 더해 그때 결혼을 하지 않았더라면 등등, 날개를 펼치고 끝없이 날아오를 수 있다.

그러나 '내가 만약'의 일 순위는 언제나 '만약 교단에 섰더라면'이었다. 이것이 부정적인 결론에 도달하는 일은 거의 없었다. 그래서 늘 아쉽고 허망해 한숨으로 끝내곤 했는데, 얼마 전에 그 자리는 내가 감히 넘볼 수 없다는 결론에 이르렀다. 그동안 여러 상상이 곱게 펼쳐지곤 했었는데 애석해지고 말았다.

대학에서 교직 과목을 이수했다. 오 남매의 첫째, 맏딸인 나는 부모님께 조금이라도 도움이 되어야 한다는 제법 갸륵한 생각으로 교사자격증을 땄다. 졸업한 해에 내가 다녔던 여고에서 마침 교사 한 분이 두어 달 자리를 비워야 한다며 그 자리를 맡아달라는 연락이 왔다. 모교의 교사라는 솔깃한 제의였다. 그런데 그때 나는 이미 결혼 날을 정해놓고, 식을 올리고 바로 외국으로 나가게 되어 있어 사양할 수밖에 없었다.

늘 교직에 대한 미련을 두고 있었던 것은 아마 교생실습 기간의 추억 때문일 게다. 지금은 헌법재판소가 들어선 자리에 있었던 창덕여고가 교생이라는 자격으로 한 달을 드나들었던 학교다. 4학년 때라 늦잠을 자며 비교적 여유롭게 학교에 다니고 있었는데 그 한 달은 고교생들의 등교 시간을 맞추느라 제법 진땀을 흘렸다. 그즈음 처음으로 맞선을 보았다. 어느 날 상대 남자가 점심시간에 창덕여고 교문 앞으로 찾아왔다. 멀쑥한 청년의 등장으로 사춘기 여학생들에게 관심의 대상이 된 것을 말해 무엇하랴. 그 사건의 여파로 몇몇

에피소드가 뒤이어졌고 그것이 어느 때는 부끄럽기도 했지만 나를 제법 우쭐하게도 했던 것 같다. 돌아보면 학창 시절에 이어 바로 기혼녀가 되어버린 나에게는 이른 봄날 창가에 잠시 머물다가는 따스한 햇살 같은 날들이다.

교생실습의 마지막 과제였던, 지금은 교생 대표수업으로 불린다는 연구수업 날이었다. 학생들 앞에 서는 것만으로도 힘든 형편인데 참관하는 분들이 교실 뒤에 죽 둘러 서 있으니 시선을 어디에 두어야 할지 내가 무슨 말을 하고 있는지 도무지 경황이 없었다. 그런데 수업 중에 재학 중인 대학에서 학과주임 교수님이 들어오시는 것을 보자 마치 시댁에서 뵙는 친정아버지 같아 마음이 든든해졌다. 수업을 참관하러 오신 분들에게 일일이 고개를 숙이며 악수를 청하셨던 모습은 언제 돌아봐도 훈훈하다. 그날 교수님은 "잘했네." 하셨다. 얼마 후에는 나를 교수실로 불러 조교를 하면서 학업을 계속하라고 권하셨다. 교수님의 그 격려와 권유가 훗날까지 상상력을 부풀리며 나를 교단에 세우곤 했던 배경이다.

내가 만약 늘 젊은 사람 속에 있다면 생각도 오월의 나뭇잎처럼 싱그럽지 않을까, 그들과 함께하려고 책도 많이 읽고 연구에 매진하겠지, 학술대회에서 운이 좋으면 세계의 석학들을 만날 수도 있지 않을까. 상상이 높은 담을 넘곤 했다. 내가 발표한 학술지의 논문이…. 가슴이 두근거렸다.

교사의 자질, 그것이 무엇일까? 심각하게 생각해 본 적이 없는 의문을 내게 던지게 된 계기는 얼마 전 지하철에서 있었던 일 때문이다.

친구와 함께 수필 합평 모임에 참석하고 돌아오는 길이었다. 우리 좌석 맞은편에 이십 대 중반으로 보이는 여자가 창을 기대고 서서 책을 읽고 있었다. 늘씬한 몸매에 세련된 차림새로 눈에 띄는 모습인데 휴대폰이 아니라 독서라니. 당연히 돋보였다. 아마 우리는 귀엣말을 하면서 흘끔흘끔 그녀를 쳐다보았을 것이다. 그리고는 손자 이야기로 대화가 옮겨가고 요즘 어린아이들의 엉뚱한 짓거리 이야기를 하며 킥킥거리고 있는데 느닷없이 들려온 "요즘 아이들이라 하지 마세요!" 날을 세운 목소리였다. 놀라서 바라보니 찬사를 보냈던 바로 그가 아닌가. 우리의 이야기를 자신에 대한 험담으로 착각했던지 차가운 눈빛이었다.

문제는 그에 대한 나의 대응이다. 젊은이가 내뱉듯 하는 말에 우물우물 변명 비슷하게 중얼거리다 말고 마침 목적지에 도착했기에 도망이라도 하듯 지하철을 빠져나왔다. 매스

컴을 통해 듣게 되는 나이 든 사람과 젊은 사람과의 다툼이 떠올라서다. 막상 달아나듯 내리고 생각하니 자신의 행동이 어처구니없었다. 차분하게 설명하고 타이르지는 못할망정 도망이라니. 어른이 할 도리가 아니었다. 위험을 감지하자 곧장 몸을 도사리는 행동, 자신의 보호가 우선이었던 나를 돌아보게 했던 사건이다. 거기서 시시비비를 가려봤자 시끄러워졌을 테니 내 행동이 옳았다고 자위도 해보았다. 겁이 많아 큰 소리만 나면 우선 피해왔던 나의 실체는 비겁하거나 지나친 보호본능이 아니었나 싶다. 명백한 것은 내가 그 자리에서 할 수 있는 일을 생각해 보지 않고 늘 달아났다는 데 있다.

요즈음 교단에 서기가 어렵다고들 한다. 옷 장사를 할 때 고객으로 드나들던 분들의 이야기나 매스컴을 통해 들었던 것으로 미루어 그 어려움을 짐작할 수 있었다. 그러나 상상속 나의 교단에는 구체적인 사건들이 등장하지는 않았었다. 하나를 보면 열을 알 수 있다지 않던가. 지하철에서의 내 행동으로 확인할 수 있었던 것은 내게는 교사의 자질은커녕 당당한 어른 노릇조차 할 능력도 부족하다는 것이다. 교직이란 어떤 상황이든 그것에 대처할 마음의 자세나 사명감이 없는 사람이 설 자리는 아니라는 엄혹한 사실에 나는 고개를 숙여야 했다. 내 상상하기의 목록에서 이제 일 순위는 지워야 할 것 같다.

(2019년)

그들의 모정

이른 아침에 호숫가를 걷는다. 시작한 지 이제 겨우 여섯 달 남짓이라 걷는 것보다는 두리번거리는 재미로 다닌다. 자주 깜박거리는 기억 때문에 이름을 부르며 나무에게 말을 걸곤 하는데 이 어설픈 행위가 오히려 걸음을 가볍게 한다.

한자리에 뿌리 내린 것들이 비바람 속에서도 꽃을 피우고 해바라기 하는 것은 오로지 씨앗을 남기려는 분투일 게다. 제 몸 상태와 주어진 환경에 따라 생장을 조절하는 나무의 지혜도 예사롭지 않다. 정이 담긴 눈길과 목소리에 꽃은 더 고와진다지 않던가. 사랑을 감지하는 것일 터. 저들의 DNA에 감성의 유전자가 있다면 모정도 느끼려는지 궁금하다. 가지마다 무겁게 달린 열매나 씨앗을 볼 때면 뿌리내리기가 힘들 자식을 걱정할 어미 마음이 헤아려진다. 곤충이나 바람에 짝짓기를 맡긴 건 어미의 고통을 덜어주려는 조물주의 배려였을까. 다행이다 싶기도 하지만 우람한 나무가 측은해 보이기도 하니 엉뚱한 생각은 끝을 모르고 이어진다.

호수는 찌그러진 8자 형태로 오목한 부분에 우윳빛 전구들이 호위하는 '정다운 다리'가 있다. 정겹게 나눠진 호수의 좁은 쪽에 네 개의 부유 습지를 원형으로 조성해 놓았다. 거기에 여러 종류의 꽃이 피어 운치를 더하고 있다. 습지 언저리에서 오리들이 자주 보이는 것으로 미루어 가족을 만들고 키우는 장소가 그곳이려니 짐작한다.

요즘 들어 눈여겨보는 녀석이 있어 걸음을 재촉했는데 놈이 사라졌다. 메추리알보다 조금 작은 알 세 개만 둥지에 덩그러니 놓여있을 뿐이다. 당연히 알을 품고 있어야 할 어미가 보이지 않아 건너편에서 사진을 찍고 있는 분에게 소리쳐 물어보았다. 어제 늦은 오후까지 둥지를 지키고 있었는데 밤사이 무슨 사달이 났을 거라는 추측만 돌아왔다.

머리 가운데 길고 더부룩한 갈색 털이 모자를 쓴 것 같은 뿔논병아리를 처음 보았을 때는 신기해서 휴대폰에 담기 바빴다. 녀석의 자태가 우아했다. 얼마 전에 그 원형 습지 사이의 수련 잎에 둥지를 트고 오도카니 앉아 있는 녀석을 다시 만났다. 자주 볼 수 없었던 터라 반가웠는데 알까지 품고 있으니 횡재다 싶었다. 껍질을 깨고 새끼가 나오는 순간을 상상하며 한껏 기대로 부풀었는데 어미가 사라졌으니. 뿔논병아리는 새끼들을 등에 업고 다니며 먹이를 구해와 입에 넣어줄 만큼 자식 간수에 정성을 쏟는다고 했다. 대개 서너 주 동안을 암수가 교대로 알을 품는다지만 내가 지켜본 놈은 내내 혼자로 보였다. 짝짓기하고 둥지를 트기 위해 그 주변 영역을 차지한 놈과 치열하게 싸웠다더니, 텃세에 밀려난 걸까. 어디선가 허둥지둥 나타날 것 같아 자리를 뜰 수가 없다.

궁금증과 걱정에 힘이 빠지고 소중한 걸 잃은 듯 허탈해진다. 나이 들어 먼지가 날릴 것처럼 푸석거리는 내 안에 아직도 작은 생명체를 향한 애정이 들어설 자리가 있다는 게 스스로도 믿기지 않는다.

외톨이라 해코지가 쉬웠을까. 해치려는 것에 대항해 제 몸으로 알을 지켰을 거라는 생각과 깨어나지 못할 알에 대한 안타까움에 망연히 섰는데, 문득 떠오르는 것이 있다.

2008년 중국 쓰촨성 대지진 때의 기사다. 지진이 일어난 다음 날 폐허를 파헤치던 구조대는 무너진 건물의 잔해 속에서 두 팔을 땅에 짚고 무릎을 꿇은 자세로 그 무게를 지탱하고 있는 여인을 발견했다. 이미 죽어있는 여인의 몸 안쪽에는 상처 하나 없이 잠들어 있는 아기가 있었다. 그 상황에서도 엄마는 수유를 했던 것으로 보였다. 휴대폰에 메시지까지 남겼으니.

'너무나 사랑스러운 내 아가, 만약 네가 살게 된다면 이것만은 기억해 주길… 엄마는 너를 사랑한단다.'

중국을 온통 눈물바다로 만들고 전 세계를 감동시킨 사연이었다. 무너져 내리는 흙더미와 건물의 엄청난 무게를 감당하게 한, 신비하다고밖에 표현할 길 없는 불가능에 가까운 힘이다. 자식을 살리려는 일념과 살릴 수 있다는 믿음으로 혼신을 다해 메시지를 남겼으리라. 모정은 기적을 일으킬 수도 있다는 것을 증명해 보인 것이 아닌가.

기사를 읽은 후 격하던 감동이 가라앉자 이번에는 남겨진 아이의 미래가 걱정스러웠다. 자상한 손길 대신 엄마의 절절한 사랑의 전언에 기대어 살아야 하는, 젖먹이 때 이미 유명해져 버린 아이. 절명의 순간에 남긴 메시지로 세상의 이목을 집중시킨 것이 아이에게 어떤 영향을 미치려는지. 혹여 지나친 관심과 부담스러울 수도 있는 기대가 모아지지나 않을까. 이것들이 훗날 평범한 인간으로 살아가기에는 오히려 짐스러운 멍에가 될 수도 있을 터. 보지도 못한 아기가 가엾고 목이 메던 기억이 되살아났다.

이따금 대책 없이 부풀어지는 나의 모성은 엉뚱한 사념으로 가지를 뻗고는 한다.

뜨거운 햇살 아래 오롯이 남겨진 알과 안타까움을 뒤로하고 무거운 발걸음을 옮긴다.

(계간수필 2021년)

웅진 가는 길

"절로 가면 어데고?"

"절로 가면 절이 나오지요."

아버지의 물음에 대한 내 엉뚱한 대답이었다. 그 비슷한
질문과 우스갯소리가 이어지고 차 안은 한바탕 웃음잔치가
벌어졌다. 부모님을 모시고 여동생과 함께 대전에 사는 동생
집으로 가는 길이었다. 아마 공주 어디쯤을 지나고 있었지
싶다.

이따금 세월의 저편을 거슬러 만나는 아버지와 대전에 살
았던 동생. 우리 모두가 당연히 갈 그 길을 서둘러 떠나 이미
오래전부터 이승의 저편에 계신다. 그때 아버지가 알고 싶어
하셨던 '어데고?'는 어디였을까. 무엇이 그리 궁금하셨을까.

문학기행으로 공주를 찾은 날은 봄이 무르익어 여름을 부르는 눈부시게 화창한 날이었다. 태화산 마곡사로 가는 버스 안에서 문득 내가 대답한 '절로 가면'이 마곡사였는지도 모른다는 생각이 들었다.

640년에 자장 율사가 창건했다는 천년을 훌쩍 뛰어넘은 산사. 마곡사에서는 연등이 꽃처럼 활짝 피어있는 나무들이 절을 들어서는 이들에게 환영 인사를 하는 듯, 우리 일행은 나무를 쳐다보며 화답의 웃음을 보냈다. 아버지의 '어데고?'를 화두처럼 마음에 담고 절 마당을 서성거렸다.

지금까지 보아왔던 절들은 대개 중문을 거치면 탑이 있고 그 뒤편에 대웅전이 있기 마련인데 이곳의 가람배치는 여느 절과는 다르다. 대광보전과 오층석탑 그리고 대웅보전이 남북으로 일직선상에 놓여있다.

오층석탑은 상륜부에 놓인 청동제로 된 부재 탓인지 약간 기운 듯해 아래에서 위로 몇 번이나 쳐다보고는 했으나 혼자서 끙끙거리다가 돌아섰다. 탑 주위로 켜켜이 쌓여있을 천년의 발자국들을 떠올리니 안심해도 좋을 듯했다.

대광보전에는 스님들이 두 손을 모으고 서 있었다. 예불을 드리고 있는 스님들 사이로 보이는 불단은 정면이 아닌 서쪽으로 두었고 비로자나불상이 동쪽을 향해 앉아 계셨다. 불자는 아니지만 멀리 떠난 분들을 생각하며 잠시 두 손을 모았다. 가지런히 어깨를 겯고 있는 산사 지붕의 웅장함에 나도 모르게 반듯하게 가슴이 펴졌으니, 지붕이 풍기는 기품이 오래도록 마음 언저리에 머물지 않을까 싶다.

마곡사는 고려 문종 이후 100여 년간 폐사해 도둑 떼의 소굴이 되었지만 백범 김구 선생께서 한때 머물렀던 절집이기도 하다. 명성황후 시해 사건에 분노해 일본군 장교를 죽이고 갇혀있던 형무소에서 탈옥하여 여기서 은거한 적이 있는, 우리의 굴곡진 역사의 한 장을 간직하고 있는 사찰이어서 더욱 예사롭게 대할 수가 없다.

마곡사를 거쳐 사적 12호로 지정된 공산성으로 갔다. 웅진성이라고도 불리는 백제의 유적으로 표고 110m의 구릉 위에 돌과 흙으로 계곡을 둘러싼 산성이다. 궁궐터로 짐작되는 위치에 띠를 둘러 출입을 제한하고 있었으나 궁궐이라기엔 면적이 좁아 보였다. 왕조 시대에 규모가 작은 궁궐은 무엇을 의미하는 것인지. 어쩌면 궁핍했을 백성에 대한 배려를 보여주고 있는지도 모른다.

'풀꽃'으로 유명한 나태주 시인의 풀잎문학관을 거쳐 들른

곳이 국립공주박물관이다. 이십여 년 전 역사탐방 팀의 일원으로 참석했는데 그때 무령왕릉을 본 적이 있다. 박물관에 소장된 유물의 상당 부분이 이 왕릉에서 발굴된 것이라 했다. 1971년에 제6호 고분의 유입수를 막기 위해 굴착공사를 하던 중 우연히 찾게 된 행운의 능이다. 도굴의 피해를 입지 않은 무령왕릉은 다량의 유물과 피장자가 밝혀진 몇 안 되는 고대의 무덤이라 했다. 역사를 연구하고 고증하는데 큰 가치를 지닌 유물이 우연히 발굴되었다는 것이 예사롭지 않다. 발굴되지 못하고 숨죽인 채 그 우연을 기다리고 있는 유물은 얼마나 많을까.

역사란 무엇인가. 이따금 유적지를 찾을 때마다 드는 의문이다. 아침에 아버지를 떠올린 탓인지 개인사가 역사에 어떤 영향을 미치는지, 거기에 더해 무슨 의미가 있는지 궁금해졌다. 박물관에 전시된 백제의 유물들, 무령왕릉에서 본 부장품들 모두가 사가의 손에 이끌려 나오지 않았을 뿐, 그 시대를 살다간 평범한 사람들에 의해 만들어진 것들이 아닌가. 그들 생의 업적이자 삶의 부산물들이 유물로 남아 있다. 정교하고 아름다운 유물들로 문화의 수준을 짐작할 수는 있지만, 애석하게도 그들의 삶을 드러내지는 않는다. 그들을 이

끌었던 제왕마저도 천년을 어둠 속에서 사가의 손길을 기다리고 있지 않았던가.

한때는 백제의 수도로 군림했던 공주. 공주의 옛 이름을 떠올리며 거듭 웅진이라 불러본다. 과거를 당겨와 그때를 살다간 평범한 사람들과 만나고 싶어졌다. 자신의 업적을 자랑스러워하는 제왕들이나 그들의 신하가 아닌 동네 아주머니를 우물가에서 만나면 어떨까. 함께 자식 걱정도 하면서 동네 사람들 이야기도 듣다 보면 그들의 삶을 가늠할 수 있지 않겠는가. 생각이 여기에 미치자 환청처럼 들려오는 말이 있다. '어데고?' 이미 과거의 한 자락으로 변하신 아버지가 내게 생생하게 말을 걸어오셨다.

일가를 바로 세우려는 책임감으로 평생을 사셨던 아버지. 그러나 끝없이 방황했던 젊은 날의 아버지. 당신의 삶을 돌아보며 회한이 많으셨던가. 당신의 딸이 있어야 할 자리를 항상 점검하라는 충고가 '어데고?'였을는지. 이제야 어렴풋이 그 말의 의미를 알 것도 같다. 아버지의 말 한마디가 주는 깨우침. 늦게나마 내가 선 자리를 다시 본다.

아버지는 내게 새겨야 할 역사로 다가선다.

(2017년)

태몽, 그 긍정의 씨앗

바이러스에게 점령당해 휘청거렸던 하얀 소를 밀어내고 검은 호랑이가 성큼 다가왔다. 범의 용맹으로 이 불한당을 제 고향으로 돌려보냈으면 하는 염원을 담으며 새 장을 펼친다. 호랑이해가 되면 마당 넓었던 옛집에서 꿈을 키우던 단발머리 시절의 어느 날이 문득 떠오르곤 한다.

아침잠이 많아 흔들어 일으켜도 좀체 정신을 차리지 못하는 내가 이른 새벽에 잠에서 빠져나왔다. 올봄 중학생이 된 나에게 가장 큰 걱정거리가 지각일 정도다. 그런데 일요일인 오늘은 저절로 눈이 떠졌으니 시작부터가 신기한 날이다.

나를 깨운 것이 마루 건너 안방에서 간간이 들려오는 엄마의 신음이었을까. 아니 부엌 언니 자야를 부르는 이모할머니의 다급한 목소리였을 거다. 이모할머니는 어제 부산에서 엄마의 출산을 도우러 오셨다.

비몽사몽간에서도 뭔가 심상치 않은 기운이 느껴진 모양이다. 오늘이 그날이 될 것인가. 호랑이가 온다지 않던가, 부모님이 낮은 목소리로 주고받던 이야기. 그것을 예시했다지 않았는가. 가슴이 두근거린다, 도대체 어떤 녀석일까. 목소리는 얼마나 우렁차려나. 기운이 장사일까. 그런데 신새벽부터 아버지는 어디를 다녀오셨는지 이모할머니를 찾는다. 아버지와 할머니, 두 분이 주고받는 이야기 속에 탄식이 섞여든다. 무슨 개혁을 한다는데. 돈이 문제인 것 같다. 웃돈을 주고도 사기가 힘들었다는 게 무언지. 엄마의 신음이 커지면서 에미에게는 아무 말 말라고 다짐하며 할머니는 다시 안방으로 들어가신다. 뭔가 엄마에게 비밀로 부쳐져야 할 약속을 한 것이리라.

아버지는 또 급한 일이 있다며 나가신다. 골목에서 웅성거리는 소리가 들린다. 심상찮은 일이 벌어진 걸까. 태어날 아이와 개혁이라니. 아기가 하늘에서 지붕을 뚫고 떨어지는 신비한 일이라도 벌어질 듯 집이 수런거리는 것 같다. 나는 동생이 생긴다는 것이 교복을 입는 여학생에게는 어울리지 않는 것 같아 왠지 부끄럽기도 하고, 또 범이 산에서 내려오는 것처럼 조금은 두렵기도 하다.

범띠해였던 1962년 6월 10일은 화폐개혁의 소란을 뚫고 막내가 온 날이다. 고양이처럼 귀여운 새끼 호랑이가 첫울음을 터뜨렸다. 이모할머니가 장롱 속에 고이 숨겨 둔 쌈짓돈을 종잇조각으로 만들고, 돈을 들고도 장을 보기 어려워 아버지가 울화를 삭혀야 했던 날이다. 그러나 아기가 예사롭지 않은 날, 그 기운을 몰고 왔으니 앞으로 큰일을 하려나 보다며 아버지의 희망에 힘을 실어 준 날이기도 하다.

발설하면 효험이 떨어진다며 끝내 함구하시던 태몽, 호랑이가 치마 속으로 들어와 놀란 나머지 며칠간 진정이 되지 않더라는 이야기를 아버지가 떠나신 후에야 들을 수 있었다. 부모님에게는 화폐개혁이 어떤 파장을 몰고 왔는지는 관심사가 아니었다. 단지 개혁을 단행한 특별한 날에 아이가 왔다는 것만이 중요했다.

막내는 그렇게 태어나기도 전부터 태몽으로 예시된 '큰일을 해낼'이라는 미래가 기다리고 있었다. 장남은 성적이 우수하다는 이유만으로 법복의 꿈을 심으셨던 아버지다. 심약한 큰아이의 행보에 그 희망을 포기하셨지만 막내에 대한 기대는 생의 마지막 날까지 지우지 않으셨다.

형과 일곱 살 차이의 막내는 형들의 짓궂은 장난으로 빈 항아리나 옷장에 갇히기도 하는 아이였다. 공부나 운동도 잘 했지만 친화력이 좋은지 친구도 많았다. 아버지 사업실패로 포항에서 서울로 옮겨온 지 몇 달 만에 전학 온 초등학교에서 학생회장으로 선출될 정도여서 '큰일 해낼'의 의미에 부응하는 듯 보였다. 제 결혼식이야 당연하겠지만 아버지의 장례식 때는 중국에 체류 중이었던 저보다 먼저 몰려든 친구들로 상주인 형들이 제대로 일어설 수가 없을 정도로 무릎이 혹사당한 일은 두고두고 이야기한다.

고양잇과에 속하는 호랑이는 어떤 동물인가. 울던 아이 울음을 그치게 한 곶감에 놀라서 달아나는 이야기에 등장할 만큼 어수룩하지만 친숙하고 신성한 동물이 아닌가.

가족들의 장난이나 구박에 허허실실 웃기만 하는 막내지만 직장에서는 동료와 선후배들이 좋아하고 따르는 듬직한 일꾼이라 들었다. 부침이 심한 생을 거쳐 간 형 때문에 집을 잃을 상황에 처하기도 했다. 그러나 참척의 고통으로 정신마저 흔들린 어머니를 위해 넓은 등을 비워두고 늘 자리를 지키고 있다.

오래전 공항에서 잡은 손을 놓지 않던 아이, 십 년 가까이 해외에 사는 동안 그리움으로 가슴을 저미게 했던 막내가 올해 갑년을 맞는다. 무심히 흐르는 세월도 제 일을 하는 듯. 이제야 그의 등에 실린 무거운 짐이 보인다. 그 가볍던 웃음 속에 감추었던 기대와 부응이라는, 외로운 호랑이가 버텨야 했을 만만치 않은 무게가 전해진다.

태몽이란 어린 시절부터 영혼 속에 암묵적으로 그려지는 신화 같은 것이 아닐까. 그것이 흐릿하게나마 삶의 발길을 비춰주는 신호등으로, 누구에게나 한 걸음 더 다가갈 수 있도록 이끄는 긍정의 씨앗이 되어 등짐으로 무거워진 발걸음을 옮기게 하지는 않았는지. 그에게 '큰일을 했노라'고 아버지 대신 어깨를 토닥여주고 싶다. 먼저 가신 아버지도 지금쯤은 고개를 끄덕이시리라.

(그린에세이 49호 2022년)

빗나간 계획

마흔이 되고 몇 해 지나지 않아 나는 실질적인 가장이 되었다. 시간을 꿰매가며 이십 년 가까이 종종거리다 보니 두 아들은 제 짝의 손을 잡고 떠났고 곁에는 세월의 더께가 수북이 내려앉은 남편과 노후 준비라는 숙제만 덩그러니 놓여 있었다. 눈 밝던 젊음이란 녀석, 어느 틈새로 빠져나갔는지. 녹슬기 시작한 뇌와 성긴 머리카락 사이로 불안이 스며들며 가슴을 짓눌렀다.

소실봉 자락에 있는 달랑 두 채뿐인 아파트에 내 노년을 부려놓을 자리를 마련했다. 노년의 거처는 노후老朽한 몸뿐 아니라 마음까지 편히 담을 수 있는 공간이 되어야 하지 않겠는가. 산 아래 동네, 아직도 군데군데 남아 있는 논과 밭이 마음을 당겼다. 미구에 출입이 잦아질 대형병원이 가까웠고 아들네와 친구 몇이 멀지 않은 곳에 있다는 것도 선택을 수월하게 했다. 밀집된 공간이 주는 긴장에서 한발 물러날 수 있을 것 같아 좋았다. 은퇴 후 바닷가를 염두에 두었던 오래된 계획을 수정했다.

고전이라 불리는 책을 부지런히 구입하는 것도 잊지 않았다. 행간이 넓은 책들과 씨름하며 보내는 시간이 좁아지는 사고의 틀을 지켜 주리라. 짐짓 가슴이 부풀기도 했던가. 그게 얼마나 어려운지 그때는 몰랐으니. 가장 손쉽게 해결할 수 있는 노후대책이었다.

소실봉 아래가 빠르게 변하며 나를 그곳으로 끌던 논들은 사라졌다. 시골 정취가 옅어져 서운한 감도 있었지만 길이 넓어지고 자동차 운행이 가능한 건 반가웠다. 은퇴 후에 옮기려던 계획을 다시 손보아 예정보다 빨리 움직였다.

무언가를 사고 줄을 서 기다렸는데 내 앞에 있던 여인이 계산대 앞에서 "어르신이 먼저 하세요."라며 비켜섰다. 당황한 나머지 두 손을 내저으며 아니라고, 괜찮다며 사양했다. 고마움에 앞서 그 대명사를 받아들이는 것이 내키지 않았던 것 같다. 어르신이라. 나는 왜 그 말에서 잘 포장된 노후老朽

를 감지하게 되는지. 아마 자격지심일 터. 내가 아무리 인정하고 싶지 않아도 이미 노후老後를 살고 있다는 반증이 아닌가.

얼마 후 일터를 정리하고 무언가를 증명하려는 듯 방송대학에 편입했다.

손자 돌보는 것이 주된 임무가 되었지만 계획했던 대로 고전과 만나려는 노력도 놓지는 않았다. 그러나 행간을 헤아리는 일은 시간만의 문제가 아니었다. 깊은 책읽기란 자신의 소양과 다른 이름이 아니라는 깨달음. 어려웠다. 눈꺼풀은 무거워지고 페이지는 건너뛰기 일쑤였다. 스토리만 따라가는 것도 쉬운 일은 아니라며 나를 다독여보지만 내가 증명해 보이려 했던 것이 무엇이었든 이제 내려놓아야 할 때가 되었나 싶다. 슬그머니 고개를 들기 시작하는 고질병, 게으름도 문제다.

창을 꼭꼭 여며두는 겨울이 오기 전에는 새소리를 자명종 삼아 눈뜨는 날이 많았다. 부엌 창으로 야트막한 언덕을 내다보며 하루를 시작한다. 정오 즈음에 남편과 근처 호수공원을 쉬엄쉬엄 걷는다. 나는 이 속살 고운 호수공원에 빠져있다. 찌그러진 8자 형태의 호수 한쪽 끝에는 위풍당당하게 선

검찰청과 법원이 있다. 요즈음은 공공기관이라는 이유만으로 눈을 흘기면서 두 건물 사이를 지나 젊은이들이 한바탕 훑고 간 근처 식당에서 느지막이 점심을 해결한다. 커피 한 잔씩을 손에 들고 공원으로 돌아와 벤치에 앉으면 마음이 넉넉해진다. 코로나가 물러간다면 몇 개의 약속을 보태겠지만 지금도 그리 불평하고 싶지 않다. 얼마 전까지만 해도 내가 계획한 삶과 누리고 있는 작은 여유가 흐뭇했다.

그런데 이것이 분수에 넘치는 과한 욕심이었나 보다. 이 지역에 새로운 도시를 건설하는 계획으로 대단지 아파트를 제외한 모든 건물과 토지가 수용대상이라 한다. 내 거처가 내 뜻과는 상관없이 국가기관의 계획에 따라 정해질 것이라는 데 달리 할 수 있는 게 없다. 삶의 계획이 거대한 힘에 휘둘리는 데에 화가 나고 우울해지지만 아파트 외벽에 걸린 시뻘건 구호 역시 민망하고 불편하다. 아무 공공기관에나 목을 세우고 눈을 흘기는 것이 나의 소심한 복수다.

산다는 일은 그것을 계획하고 자신의 의지만으로 실천하며 지켜나갈 수 있을 만큼 호락호락하지가 않다는 것을 모르기야 하겠는가. 그러나 빗나간 계획은 공들여 그린 그림에 낙서해 버린 듯 허망하게 만든다. 계획이 무엇인가. 오늘이 내일에게 하는 다짐이며, 현재가 미래의 문 앞에 걸어두는 등불이 아닌가.

또 다른 계획을 세우며 밤잠을 설친다. 이대로 주저앉는 건 내가 꾸리고 싶었던 삶의 다양성과 어울리지 않는 모양이다. 삶의 마지막 조각을 만드는 것도 도전이 될 수 있지 않겠는가. 애써 나를 다독이며 희망을 향해 손을 내민다. 희미한 불빛이 멀리서 깜박인다.

(에세이21 동인지 2020년)

아버지와 사각모

　모처럼 곱게 차려입은 한복과 코트에 학사모를 쓰고 수줍어하는 어머니와 방금 그 모자를 썼던 쑥스러움을 지우지 못하고 어색한 표정으로 선 아버지. 빛바랜 사진이 아니라면 기억마저 흐려진 내 졸업식 날의 정경이 오롯이 남아 있다.

　사진이란 순간과 영원의 합일이라 했던가. 지금의 내 나이보다 이르게 우리 곁을 떠나셨던 아버지의 젊은 날을 간직하고 있는 사진을 보니 손사래 치며 사양하는 학사모를 당신의 머리에 억지로 얹어 드렸던 기억이 새롭다. 너나없이 그 당시 우리는 부모님에 대한 감사를 그렇게 표현하는 것으로 알았다. 그러나 사진 한 장 찍을 새도 없이 모자를 어머니의 머리로 옮기셨던 아버지다. 마치 유리 상자라도 옮기는 것처럼 모자를 조심스레 들던 모습이 새삼 눈에 선하다.

내 부모님의 땀과 맏딸인 나에 대한 희망 거기에 간절한 기도가 더해졌을 사각의 모자가 아니겠는가. 그뿐일까. 입학만으로 모교에서 보내준 환호에 철없던 나의 부풀어진 자존감과 허황한 꿈들 역시 섞여 있을 모자다. 돌이켜보니 모래성을 쌓으며 허영심만 키웠던 4년의 텅 빈 시간이 대부분의 자리를 차지하고 있는 것 같아 지금도 부모님께 죄스럽고 나 스스로도 민망하다.

60년대는 논밭을 팔아 자식의, 그것도 겨우 장남의 학비를 감당하기에도 버거우리만큼 궁핍했던 시절이다. 동생들 학업을 희생해 맏이 하나만이라도 대학을 졸업시키면 집안이 일어설 수 있다고 굳게 믿었던 부모의 기대, 그 희망이 여지없이 허물어지고 마는 것이 영화나 소설의 소재가 되곤 하던 때였다. 더러는 개천에서 용이 나 고향의 전설이 되기도 했다. 꿈의 표상이면서 좌절의 씨앗을 품었던 사각모가 아니었던가.

사각모는 그리스 시대의 졸업식에 한 학생이 노동복에 사각의 흑판을 들고 나타나 귀족들의 비난을 받자 그를 가르친 교수가 "흙손 판을 들고 사회에 나가 열심히 일하기 위해 여기 모인 것"이라 옹호한 데서 유래하였다 전해지고 있다.

부모님을 흙바닥에 주저앉히고, 동생들은 산업전 사라는 이름의 노동자로 밀려나게 했던 모자. 부모의 기대는 허물어졌지만 사각의 모자들이 겹겹이 쌓여 우리가 선진국이라는 이름에 닿은 것일까. 오히려 모자의 유래라는 흑판 대신 맨손으로 힘겹게 다져온 동생들의 삶을 원동력으로 오늘에 이르렀는지도 모른다.

그날의 졸업식 후 오십 년이 흐른 올해 봄, 나는 다시 방송대 졸업생이었다. 어쩔 수 없이 비대면으로 졸업식을 하겠지만 2년 전에 이미 예비졸업자로 참석한 적이 있어 그다지 아쉬움은 없다. 여느 대학과는 그 분위기가 달라 기억에 뚜렷한 흔적을 남겼던 졸업식이다.

겨울답지 않게 포근했다. 여기저기서 사각모를 하늘로 던져 올리며 터뜨리는 높은 웃음소리는 그날을 더욱 화창하고 빛나게 만들지 않던가. 공중으로 오르는 모자를 보며 그 속에 담겼을 비상의 의지나 알 수 없는 억압으로부터의 탈출을 가늠해보기도 했던 날이다. 졸업생 중에는 머리가 희끗한 초로가 더러 눈에 띄었고 아들딸로 보이는 가족으로부터 꽃다발을 받는 모습들이 따사로웠다. 그 훈훈함 사이에서 홀연히 떠올랐던 얼굴. 아! 아버지.

사각모 쓰는 것을 유난히 쑥스러워하셨던 분이다. 당신에게는 가당치도 않다는 듯 모자를 밀어내지 않던가. 돌이켜보니 단순한 사양만은 아니었지 싶다. 어린 날의 좌절했던 순간들을 상기했던 것일까. 혹여 자신도 모르는 사이에 그 모자에 대한 간절했던 선망이 되레 거부의 몸짓으로 나타났던 건 아닐까. 사각모가 그에게는 깨어진 유리상자였는지 아둔한 나는 아직도 헤아리지 못한다.

노름으로 전 재산을 날린 부친 탓으로 학교 대신 삼촌을 따라 일본으로 떠나야 했던 소년. 얼마간의 돈을 쥐면서부터 동생들의 학비는 언제나 그의 몫이었다. 다섯 자식의 뒷바라지도 만만치가 않았을 텐데 우리 집이 상주여관으로 불릴 만큼 고향 사람들을 챙겼던 분이다. 당신 소유의 차가 생기자 고향에 계신 노모를 모시고 여행할 계획부터 세웠고 명절 음식은 노인정과 경비실로 먼저 보냈다. 그런 일들을 두고 당신 떠난 지 삼십 년이 지난 지금도 구순의 어머니는 더러 서운함을 토로하신다.

사각모가 흙손 판을 들고 열심히 일하려는 것이라면, 그것을 머리에 얹어 노동의 고귀함을 보여주는 것이라면, 사람살이의 도리를 몸으로 실천한 아버지에게 굳이 사각의 모자가 필요했을까. 설령 학교에 대해 여쭤보았다 해도 친구 좋아하고 약주 즐기셨던 분이라 "이 나이에 뭘"하며 얼버무렸을지도 모르겠다. 그래도 한 번쯤은 자신의 사각모를 생각하며 가슴이 뛰지는 않았겠는가. 언제나 후회는 한걸음 늦는다는 말이 아프게 와닿는다.

오십 년 전에 미처 몰랐던 모자의 무게에 가슴이 무겁다. 방송대를 찾은 것은 속절없이 흐르는 시간을 잠시라도 움켜쥐고 싶은 심정이었지 싶다. 이번에도 그 색깔만 다를 뿐 허영심만 사각모를 장식하고 있다. 한 인간을 형성하고 있는 본질은 크게 달라지지 않는다는 깨달음이 모자의 어느 모서리에라도 담겼다면 그것으로 만족해야 하려나 보다.

먼 하늘 어딘가에서 아버지가 내려다보고 계신가. 구름 사이로 햇살이 환하다.

(에세이21 2022년)

어머니의 겨울

겨울이라면 가장 먼저 떠오르는 것이 있다. 따뜻하던 아파트를 내어주고 옮겨 앉은 주택에서 보낸 겨울. 그 겨울은 내 기억 속에 추위와 함께 아이들에 대한 걱정으로 옥죄인 날들로 새겨져 있다.

혹시라도 그 시렸던 날들의 기억이 가난에 대한 불안으로 남아 사는 동안 부딪히게 되는 크고 작은 결정 앞에서 아이들이 나처럼 움츠러들지나 않을까 걱정스러울 때가 있다. 그래서 그 겨울 이야기 꺼내곤 한다. 십 대의 성장통과 함께 겪어야 했던, 회상하고 싶지 않은 고단함과 아픔에 대해 털어 놓게 하고 싶어서다. "그때 엄청 춥기는 했죠." 나를 안심시키기 위한 것만은 아닌 듯 그늘이 없다. 그러나 나는 아직도

결혼해 아이의 아비가 된 두 아들의 겨울옷을 무심결에 사고
는 전해 주는 데 애를 먹는다. 어미의 마음에는 지워내지 못
한 추웠던 날의 잔해가 남아 있는 모양이다.

구순의 어머니는 동굴 속에서 당신 생의 겨울을 나고 계신
다. 동굴은 가슴을 움켜쥐어야 했던 참척과 당신 병에 대한
두려움이다.

어머니의 동굴에 환한 햇살이 드는 날이 있다. 장남을 당
신의 삶에 들이는 날이다. 어머니는 귀가가 늦은 아들을 기
다리다 전화를 하신다. "야야! 가가 와 이리 늦노." 귀가를
애타게 기다리시는 어머니. 당신의 삶 속에서는 떠나보낸 적
없이 늘 함께였던 것일까. 목소리가 더없이 맑고 높다. 환상
속, 그 행복을 깨트리고 싶지 않아 나도 동생의 늦은 귀가를
나무란다.

얼마 전 어머니에게 간 날이다. 역시 주무시고 계셨다. 찡
그린 얼굴이다. 젊어서는 키가 크고 훤칠해 어머니를 닮았다
는 말을 들으면 우쭐했었는데 웅크리고 계신 모습이 너무 왜
소해 울컥해졌다. 누구를 찾으시는지 두 팔을 위로 들고 허
우적거리며 잠꼬대같이 웅얼거리는 말속에 내 유년의 이름
이 나왔다. "지혜야, 지혜야." 어머니의 눈가가 젖는다. 결혼

후 어머니는 손자의 이름으로 날 부르셨다. 내 기억에도 희미해진 이름, 지혜를 찾으시다니. 어머니는 지금 당신 생의 어디쯤을 헤매고 계신 것일까.

문득 오래전에 받은 친구의 편지가 떠올랐다. 나는 대학 졸업 후 여섯 달도 지나지 않아 결혼해 바로 외국으로 떠났다. 꽃을 들고 환송하던 시절, 꿈에 부풀었던 스물셋의 딸은 자식을 먼 나라로 보내며 마냥 손이나 흔들어야 했던 어머니의 상실감을 상상이나 했었는지. 그렇게 떠나서 십 년이 다 되도록 돌아오지 않는 딸이 그리워 친구의 손을 잡고 울음을 터뜨렸다는 편지. 그 편지를 이제야 떠올리다니.

돌이켜보니 나는 어머니의 단짝 친구였다. 동생들은 모두 일찍부터 서울로 진학했고 나만 부모님 곁에 남아 고등학교를 졸업했다. 스물에 낳은 맏딸, 가부장적인 남편과 모시고 있는 친정아버지 때문에 마음 편히 외출 한번 할 수 없었던 어머니에게 나는 세상을 향한 창이었다. 당신의 기억에서 이미 흩어져버린 십 대를 돌아보게 해주고, 친정아버지를 모시는 어려움을 내보일 수 있었던 딸이었다. 나는 어머니의 유일한 친구였다. 내가 대학을 졸업하면 자매 같았던 딸과 함께 할 시간을 꿈꾸었을 당신의 마음을 헤아려본 적이 있었던

가. 어쩌면 어머니의 겨울은 내가 당신을 뒤로하고 남편과 함께 비행기에 오르던 오십 년 전 이미 시작되었는지도 모른다.

(그린에세이 42호 2020년)

오지 않는 내일

"엄마, 저 집에 좀 데려다주세요."

전화가 온 건 오후 세 시경이었을까. 매장 문을 닫는 둥
마는 둥 주차장으로 내달았다. 삼십 대 중반의 아들, 술을 입
에 대지도 않는데 십 년 가까이 운전을 해 온 사람이 대낮에
집에 데려다 달라고 했다.

아들의 직장은 내 일터에서 한 블록 정도 떨어진 곳에 있
다. 급하게 차를 몰고 가보니 바로 서 있는 것도 힘에 부치는
형색이었다. 두통 때문에 눈을 제대로 뜨지 못하고 가까스로
뒷좌석에 오르더니 그대로 드러눕는 게 아닌가. 집으로 가겠
다는 것을 우기다시피 해 얼마 전에 제가 퇴원한 병원의 응
급실로 데려갔다.

두통을 완화하는 주사액이 혈관을 타고 흘러들면서 아들의 표정이 한결 부드러워진 후에야 나는 처음으로 내 몰골을 보게 되었다. 입고 있는 얇은 여름 원피스가 땀에 절어 물을 뒤집어쓴 것처럼 몸피가 고스란히 드러나 있지 않은가. 8월의 불볕 같은 햇살에 잘 달궈진 자동차는 한낮의 열기를 고스란히 담고 있었을 텐데 에어컨을 켜는 것은 고사하고 창문을 여는 것조차 잊고 있었다. 땀도 더위도 생각하거나 느낄 수 없었던 모양이다.

　찜통 같았을 자동차로 삼십여 분을 나 자신이 운전하고 있다는 것도 인지하지 못할 상태였는데도 시각이나 청각의 기능이 제대로 작동했던 게 얼마나 큰 다행이었는지.

　면역력이 약한 어린아이가 걸리기 쉽다는 뇌수막염으로 아들이 일주일간 입원해 있었고 바로 그 전 주에 퇴원했다. 단순한 감기 증상으로 짐작한 병이 점점 악화되면서 뇌수막염으로 판명되기까지 불안이 만드는 온갖 망상으로 어둠을 지우며 뜨는 하루는 어제의 연장일 뿐 다음날이 아니었다. 인터넷을 뒤져보니 뇌와 뇌 조직을 싸고 있는 막에 염증이 생기는 수막염을 합해 뇌수막염이라 부르는데 정상적인 면역력이 있는 사람은 치료가 어렵지 않단다.

면역력이라는 말이 불러오는 불안으로 다시 길고 긴 하루가 이어졌다.

심리학자 장현갑 박사의 저서 『마음 vs 뇌』에는 부모와의 관계 특히 어머니의 따뜻한 사랑과 배려가 질병의 감염을 얼마나 낮출 수 있는지에 대한 실증적 연구 결과가 나와 있다. 몸과 마음의 관계에서 만들어지는 정서가 면역계에 미치는 영향에 관해 연구한 결과로 어머니의 따뜻한 사랑이 정서적으로 안정된 사람으로 성장하게 만들고 그것이 질병에 대한 면역력도 높인다고 했다. 몇 해 전에 이 책을 읽으며 겨우 두 돌이 지난 아이가 충수염 수술을 받아야 했던 일이며 아이에게 소홀했던 지난날들이 떠올라 마음에 돌덩이가 달리고, 다음 날이 오지 않을 것 같은 긴긴 하루가 이어지곤 했었다.

오래전에 나는 큰댁 형님과 함께 한 달 넘게 유럽 여행을 다녀왔다. 젊은 나이에 혼자가 된 형수님을 위로하기 위해 남편이 마련한 여행이었다. 패키지여행이 없던 시절이라 영어를 조금 할 수 있는 내가 가이드 겸 따라나섰다. 이제 겨우 두 돌이 지난 작은아이가 마음에 걸렸지만, 친정어머니가 돌봐주시니 그리 큰 걱정은 하지 않았다. 그러나 여행을 다녀오니 처음에는 제 어미를 낯설어하며 가까이 오려고도 하지 않던 아이가 얼마 후부터는 잠시도 떨어지지 않으려 해서 한 동안 애를 먹었다.

그런데 여행에서 돌아온 지 몇 달 지나지 않아 아이가 심하게 앓았다. 처음에는 배가 아프다고 했다가 머리가 아프다고 했다가 도무지 종잡을 수가 없었다. 아이는 제 상태를 제대로 표현할 수가 없었고 의사들의 진단도 서로 달라 이 병원 저 병원을 얼마나 헤맸는지 모른다. 그 나이의 어린이에게 충수염이 학계에 보고된 바가 없어서 진단이 늦어졌다는 것이 병원 측의 해명이었다. 조금만 더 지체되었으면 큰일을 당할 뻔했으니 그 생각만 하면 아직도 가슴이 서늘해진다.

여행을 떠나면서 나는 한 달이라는 시간이 아이에게 미칠 영향을 깊이 생각하지 않은 어미였다. 제대로 제 마음을 표현할 수도 없는 어린애였으니 영문을 알 수 없는 어미의 빈자리에 받았을 충격이나 두려움의 크기는 지금도 짐작조차 할 수 없다. 그로 인해 학계에 보고된 바가 없을 만큼 발병하기 어렵다는 나이에 충수염을 앓았던 건 아니었는지, 나의 아둔함이 새삼 아프다.

지난날 아이와의 시간을 돌아보면 마음을 에는 게 한둘이 아니다. 아이가 유치원에 들어가기도 전에 시작한 테니스에 빠져 십여 년을 나는 온종일 테니스장에서 살다시피 했다. 또래와 어울려 놀아야 할 시기에 아이 혼자서 테니스장의 벽에 공을 치며 놀던 모습이 지금도 눈에 선하다. 게다가 집안일을 도와주는 아주머니에게 예사로 아이를 맡기고 강의를 들으러 다녔고 내가 원하는 일에 파묻히곤 하지 않았던가.

또 아이가 한참 예민할 사춘기에 남편 회사의 부도로 겪어야 했던 변화를 어떻게 빼놓을 수가 있겠는가. 그로 인해 가정형편이나 주위의 환경이 확연히 달라졌는데도 무리 없이 적응해주어 대견하다고만 생각했지 아이가 견뎌냈어야 했을 갈등을 제대로 헤아리지는 않았다. 어미의 사랑으로 채워졌어야 할 면역력이 텅 비어있어 아들은 수월히 넘길 수도 있었을 질병에 넘어지고는 했던 게 아닌지, 늦은 후회에 잠이 오지 않는다.

자식이 힘들 때 그 고통을 덜어줄 수 없는 허탈감과 막막함. 거기에 더해진 뒤늦은 자책으로 어미에게는 깊이 잠들 수 있는 밤이 오지 않는다. 끝나지 않는 긴 하루가 있을 뿐이다.

(그린에세이 20호 2017년)

4
...
짓
다
만
집

짓다 만 집

    소실봉 끝자락에 있는 이 허름한 아파트로 옮겨온 지가 벌써 한 손으로 셀 수 없는 햇수가 되었다. 지난 십여 년 사이에 가장 잘한 일 중 하나는 이곳으로 이사를 한 일이라 단언할 만큼 나는 이 집을 좋아한다.

    그다지 자연 친화적인 사람은 아니었지만 산자락 아래에 있어 공기가 좋고 조용하다는 것이 마음을 끌어 노년을 보내기에 적합하리라 생각했다. 그런데 여기에 살면서 이상한 버릇이 생겼다. 아파트 전면으로 남새밭이 있어 들며나며 자연스레 눈이 가게 된다. 비라도 지나가고 나면 마치 기지개라도 켜듯 쑥 올라오는 푸성귀며 나날이 토실하게 살이 오르는 가지나 토마토가 내 것도 아닌데 공연히 입가를 벙긋거리게 만든다.

그뿐이 아니다. 이사를 오고 처음 얼마 동안은 아침마다 시끄럽게 지저귀는 새소리에 마지못해 일어나곤 했다. 밤사이의 문안을 주고받는지 아침이면 집안이 온통 새소리로 채워졌다. 출근 전에 체육관으로 운동을 하러 가느라 서두르게 되어 부엌에 있는 아침 시간이 그리 길지는 않다. 그래도 부엌 창을 통해 뒷담처럼 펼쳐진 나지막한 야산을 바라보면서 새소리는 귀를 통해서만 듣는 것이 아니라 눈으로도 감지할 수 있다는 것을 자연히 알게 되었다.

이사 온 지 이태가 지나면서 차츰 그 풍경에 정이 들어갈 무렵이었지 싶다. 어느 날부터 눈앞에는 바라보아야 할 것이 점점 줄어들더니 마침내 전원이 나가버린 화면처럼 자리가 텅 비어 아무것도 남아 있지 않았다. 나무는 뽑히거나 베어지고 산자락이 잘려 나가고 파헤쳐졌다. 굴착기와 롤러가 바쁘게 움직이는가 싶더니 덤프트럭 같은 것들이 이른 아침부터 버티고 있었다. 평평하게 다져진 산자락에 철근이 심어지고 쇠기둥이 세워지는 것을 바라보며 땅의 신음이 들리는 것만 같아 귀를 세우곤 했다. 다행히 그곳에 고층아파트가 아니라 이층으로 된 빌라 단지가 들어선다고 했다.

그림 같았던 풍경을 빼앗기고 속앓이를 하다가 어쩔 수 없이 마음을 다독였다. 바꿀 수 없으면 즐기라고 하지 않던가. 이층 빌라가 들어서면 집 앞에 예쁜 꽃밭이 만들어지고 하얀 빨래가 널리지 않겠는가. 걸음마를 막 시작한 아이가 마당에서 아장아장 발자국을 떼기 시작하는 것을 볼 수도 있겠지. 한동안 갖가지 상상 속의 영상을 만들어 보았다.

'강남에서 30분 거리의 마당 있는 집' '테라스가 있는 전원주택' 같은 현수막이 걸리고 승용차들이 분주히 오갔다. 그런데 나와 별 상관이 없다고 생각했던 것일까. 어느 날 문득 이상하리만치 조용해졌다는 느낌이 들었다. 얼마나 오랫동안 창밖을 내다보지 않았는지도 모를 만큼 관심이 멀어졌던 모양이다. 부지런히 움직이던 중장비와 인부들이 더 이상 보이지 않았다. 그곳에는 움직이는 것이 없었다. 창만 달면 제 모습을 갖출 것처럼 보이는 집들이 늘어서 있는가 하면 격자무늬의 쇠기둥이 군데군데 보이고 거푸집만 세워진 곳도 있었다. 여기저기에 겨우 바닥공사만 해 놓았는지 땅이 움푹 파헤쳐져 있는 곳도 눈에 띄었다.

해가 여러 차례 바뀌어도 짓다 만 집들은 그대로 방치되었다. 그런데 봄이면 뒤집히고 파헤쳐진 땅에 마치 상처에 반

창고라도 붙여놓은 것처럼 군데군데 들풀이 소복이 돋아나고 키 작은 꽃들이 다소곳이 고개를 숙이고 있었다.

언제부터 무슨 생각으로 그 버려져 있는 공간을 바라보곤 했는지. 무언가 아니 누군가가 말이라도 걸어오는 것처럼 눈과 귀가 그곳으로 향했다. 그리고 이제는 폐허처럼 변해가는 집들이 서서히 가슴으로 들어왔다. 땀 흘려 일한 사람들의 노동이 대가 없이 머물러 있는 곳. 내 집 마련을 꿈꾸며 허리띠를 졸라매었을 사람들의 빈 통장과 무거워지는 채무에 어두운 길을 걸어야 하는 사람들의 그림자가 보이는 것도 같았다.

그리고 이십여 년 전 남편의 부도로 힘들었던 날들과 넘어지지 않으려 안간힘을 쓰고 있는 내 모습이 설핏 비치기도 했다.

그래서일까.

나는 예쁜 화단이나 행복한 웃음소리 같은 것을 더는 상상할 수가 없다. 짓다 만 집이면 어떠랴. 모양새가 조금 부족하면 부족한 대로 살 수 있지 않겠는가. 창에 불이라도 켜졌으면 좋겠다. 저 집이 완성되기를 기다리느라 지치고 고달파진 몸과 마음이 불이 켜진 창을 바라보는 것만으로도 조금은 쉬어갈 수 있지 않을까. 위로를 받을 수도 있지 않겠는가.

짓다 만 집에 커튼을 달고 촛불을 밝히는 생각에 마음이 바빠진다. 현실적으로 조금도 가능하지 않을 일들을 상상하게 되는 것은 대책 없이 그 공간에 빠져있는 나 자신 때문이다.

가을이다. 지난여름의 숨 막혔던 무더위는 다가올 겨울의 혹한을 예고하고 있다. 내 마음은 겨울을 건너뛰고 봄날로 서둘러 간다.

문득 지난봄에 보았던 들풀이 떠오른다. 파헤쳐진 땅을 감싸안기라도 하듯이 소복이 돋아있던 들풀과 키 작은 꽃들. 그 들풀 같은 글 한 편을 쓰고 싶다.

(에세이21 2016년)

시간의 힘과 사용 논리

전화로 오래 이야기하는 것이 나는 불편하다. 긴 통화는 공연히 서성거리게 만든다. 학창 시절 우체국에서 용건만 간략하게 말하곤 수화기를 내려놓던 습관이 아직도 남아 있는지. 대개 용돈이 필요해 부모님께 전화를 드리곤 했는데 당시의 시외전화 요금이 학생인 나에게 만만치가 않아 수화기를 들면 신호음과 동시에 가슴이 두근거렸던 것을 아직도 몸이 기억하는 모양이다. 지우기에 능한 시간의 힘이 여기엔 미치지 못했나 보다.

코로나19에는 시간도 힘이 빠졌는지 소걸음이다. 고인 듯 지나가기를 거부하는 미생물의 버티기에 지쳐 나도 오늘은 주저앉았다. 그리곤 지난 몇 달, 시간의 행적을 본다.

불청객 덕분에 손자가 온통 내 차지가 된 지 일곱 달이 지나고 있다. 세상을 향해 울음을 터뜨린 지 여섯 해가 막 지난 사내아이다. 그 싱싱한 기상을 기우는 해를 바라보는 시간대에 속절없이 빠져나가는 근육으로 감당하기가 버거워지기 시작할 즈음 생각한 것이 한자리에 앉혀놓고 공부를 시키자는 묘안이었다. 아이를 가르치는 처지가 되면 텔레비전 장면에 대한 기억이나 장난감 조작에서 한참 밀리는 체면도 챙기고 이제 얼마 남지 않은 입학에 대비해 기본적인 준비도 시킬 수 있지 않겠는가. 직장 때문에 아이의 아비인 막내를 방치했던, 늘 미안했던 마음을 조금은 덜 수 있을 것 같아 나에게 주어진 시간이 고마웠다.

　모음과 자음을 구별하고 소리글을 이해시키려니 자연 목소리가 높아져 아이는 눈물을 글썽이곤 했다. 처음에는 허리를 비틀더니 글자의 구성과 소리를 이해하면서 조금씩 흥미를 보이고 거리의 이름이나 간판을 한두 자 읽기 시작하자 내가 더 신명이 났다. 한글을 익히고 산수의 기본인 덧셈과 뺄셈 거기에 욕심을 부려 영어 알파벳까지 더하니 하루해가 부족할 지경이다. 기왕 교육하기로 했으니 예의범절이나 절약에 대한 것도 가르치는 것이 할미의 본분이 아니겠는가.

제 아비를 키울 때 부모가 보여주어 스스로 체득하게 했어야 하는 것들, 아비가 아이에게 자연스럽게 가르칠 수 있었을 것을 뒤늦게 내가 맡았다. 놓쳐버린 것들을 만회할 수도 있는 시간에 감사했다.

우선 엘리베이터에서 만나는 사람들에게 인사하기, 밥 먹기 전에 어른이 먼저 잡수셔야 하는 것과 어른 앞서 자리를 뜨지 않는 것을 식사 때마다 지적했다. 맛있는 건 당연히 제 것으로 알고 있고 먹는 동안 수시로 돌아다니는 버릇도 고쳐야 했다. 자연 잔소리가 길어졌다. 절약을 가르칠 때는 휴지 한 장을 놓고 산림훼손을 이야기하고, 남긴 음식에는 텔레비전 영상으로 자주 보는 아프리카의 기아를 설명해 아이의 백지 같은 뇌에 나름대로 정성껏 형상을 그리고 색을 입혔다. 이 부분의 성과는 일회성에 그치고 매번 원점으로 돌아가 허탈해지기도 했으나 지구본을 돌려가며 이름도 낯선 나라를 찾아가는 꿈도 빠트릴 수는 없었다. 집에 돌아오면 한때의 나의 이상형으로 자랄 아이에 대한 상상으로 흐뭇해져 꿈마저 즐거움으로 가득했다. 시간은 오래전에 퇴색해버린 희망을 불러오는 마력을 발휘한다.

제 손자는 눈에 넣어도 아프지 않은 건 누구에게나 마찬가지다. 나 역시 막내가 늦게 안겨준 아이에게 빠져 몸짓 하나에, 한마디 말에도 감동했고 아이와의 시간에 늘 감질났었다. 퇴직하기 두 해 전부터는 유치원에서 귀가한 아이와 공원이나 놀이터에서 함께 놀아 주는 친구 역할을 했다. 지난 몇 달은 친구에서 선생으로 직분이 바뀌고 나에게는 즐거움에 보람이 더해져 행복의 밀도가 높아졌다. 그런데 아이가 나에게 보여주었던 애착에 가깝던 표현이 점점 줄어들더니 제 부모가 직장에서 돌아올 시간을 기다리기 시작했다. 내가 돌아가려면 문 앞에서 두 팔을 벌리거나 손을 잡고 막더니 이따금 빨리 갔으면 하는 눈치를 보였다. 며칠 전에는 할머니 대신 할아버지가 왔으면 좋겠다고 말하기에 이르렀다. 내 행복의 귀퉁이가 무너져 내리는 데는 그리 긴 시간이 필요치 않았다. 다시 아이의 친구로 돌아갈 수 있을까. 지금부터 아이의 기억을 흩뜨리는 시간의 힘을 믿어볼 작정이다.

나이가 들면 분별력이 떨어지는가. 겨우 여섯 살 아이가 가졌을 집중력이나 이해력의 폭을 생각지 않고 소나기처럼 쏟아부었던 내 교육법이 친밀감을 거부감으로 바뀌게 했을 것이다. 뒤늦게 수습해보려고 안절부절못하는 나, 과유불급을 가르치는 시간에 머리를 숙인다.

아이의 순정한 시간에 내 계획과 설정에 따른 무늬 만들기를 서둘렀던가. 머잖아 아이의 기억에서 지워질지도 모를 그 흔적은 아이가 아닌 나에게 아름다운 꿈으로 남을 듯하다. 그러나 누가 알겠는가. 먼 훗날 코로나가 창궐하던 시절 제 할미가 말했던 이상한 나라의 이름이 아이에게 문득 스쳐 가기도 하고, 어느 날은 휴지 한 장에서 울창한 숲을 연상하려는지. 인간의 뇌에서 되돌리기도 곧잘 하는 시간의 능력을 믿어본다.

비켜 갈 수도 돌아갈 수도 없는 시간. 그림자와 달리 몸 안에 들어앉아 흔적을 드러내었다가는 사라지고 더러는 한꺼번에 회오리처럼 온몸을 감싸고 돌아 고스란히 발자취를 남기는 것. 시간이 보여주는 경험이라는 짙은 자국에도 배우지 못하는 어리석음으로 채워진 지난 몇 달이었다. 그래도 그 속에서 한두 개쯤은 확신으로 남은 게 있다. 근면한 시간은 팬데믹 상황 역시 여일한 발걸음으로 지나가리라는 것. 그 믿음으로 시간의 힘에 동승해 본다.

(에세이문학 2020년)

하얀 가면

방랑벽이 있는 걸까. 핸들을 잡고 많이도 다녔다. 나이 탓
인지 이제는 전처럼 쉽게 나서지 못한다. 비행기를 타야 하
는 여행 역시 긴 비행시간이 부담스러워 망설인다. 기내에서
의 좌석 위치나 옆 좌석에 앉게 될 사람도 얼마간 걱정을 불
러온다.

지난봄 동생과 스페인을 다녀왔다. 돌아올 때는 세 사람이
앉는 좌석으로 배정되었다. 이륙할 때가 다 되어 가는 것 같
은데 아무도 나타나지 않았다. 웬 횡잰가 했더니 뒤늦게 동
남아인으로 보이는 청년이 헐레벌떡 들어왔다. 아들 또래로
보였다. 서둘러오느라 땀을 흘렸는지 후줄근한 차림이었다.
선입견이었을까. 냄새가 나는 것 같아 자연히 그쪽에 닿지

않으려고 몸을 옹크리게 되었다.

열흘이 넘는 여행 후라 아무 데서라도 눈을 붙여야 할 지경이었으나 혹시라도 청년 쪽으로 몸이 기울어질까 봐 꾸벅꾸벅 졸면서도 모니터에 시선을 고정시키려 안간힘을 다했다. 그러나 본능을 어찌하랴. 어느새 잠이 들어 눈을 뜨니 내 몸은 그 청년을 베개 삼아 늘어져 있는 게 아닌가. 후딱 바로 앉으니 잠에 빠져있던 그 역시 놀라며 깨어났다. 만만치 않았을 무게를 감당하게 했으니 당연히 미안했지만, 이 찜찜한 느낌의 정체는 무언가. 그도 매우 피곤했던 모양이다. 끄덕끄덕 졸더니 이내 내 어깨 쪽으로 고개가 기울어졌다. 살짝 밀쳐보았으나 이번에는 깨지 않았다. 어떻게 해야 하나.

문득 외국 출장이 잦은 두 아들이 떠오르는 것은 어디에서도 피할 수 없는 어미의 마음이다. 망설이는 사이에 잠 속에도 내 시선이 닿았는지 그가 눈을 떴다. 멋쩍게 웃는 청년을 보면서 나 역시 웃었다. 웃음으로 얼버무린 내 속내.

기내에서는 늘 있기 마련인 사소한 일을 불러낸 것은 내 의식에 대한 점검이랄까. 혹시라도 피부색에 따라 인간에 대한 위계 같은 것을 만들고 있지나 않았는지 자신에게 묻고 있다.

프란츠 파농의 『검은 피부 하얀 가면』을 들고 있다. 가슴이 먹먹하다. 자신의 검은 피부색에 좌절해야 했던 스물일곱 청년의 절규가 문장 사이에 빼곡히 차있다. 해박한 지적 소양을 갖춘 의사로서의 체험과 관찰 그리고 정신분석학을 더한, 고전 반열에 든 책이다. 그는 식민주의나 인종주의의 폐해를 벗어난 자기해방을 흑과 백 모두에게 간절히 염원한다.

책을 읽으며 오래전 이방인으로, 유색인으로 십 년 가까이 살았던 시드니에서의 날들이 떠올랐다. 머리가 끄덕여지기도 하고 더러 울컥해지는 건 동병상련의 심정이리라. 책의 행간에는 내가 보였다. 어디선가 웃음소리만 들려와도 내 매무새를 점검했던 움츠린 시간이었다. 남태평양 섬에서 온 검은 피부과 마주치기라도 하면 흠칫 놀라곤 했던 나. 파농의 말이 맞다. 나는 검은색을 범죄와 연결시키곤 했다. 하얀 앞니를 드러내는 미소도 반갑지 않았다. 책에는 백인 앞에서 주눅이 들곤 해 하얀 가면을 쓰고 싶었던 젊은 내 모습이 기웃거린다. 피부색과 언어가 주었던 열등감이었을 게다. 자의식이란 인정과 승인을 통해서만 존재한다지 않는가. 오십 년이 다가오는 나의 서글픈 서사. 돌아보니 새삼 가슴이 아릿해진다.

지금 우리는 어디를 가든 당당하게 한국인이라 밝힌다. 또한 외국인들이 한국을 알고 있는 걸 당연하게 여긴다. 그렇지만 50여 년 전은 전혀 다른 이야기다. 당시는 우리가 아프리카 어느 나라를 모르는 걸 예사로 생각하듯 한국이 일본이나 중국의 어느 변방이려니 짐작하던 시절이었다. 그래서 겪어야 했던 일이 많았다.

그곳에서 보낸 첫해였다. 고국에서 찾아온 친구들을 하룻밤 재워 준 탓인지 이유도 말하지 않고 방을 비우라며 날카롭게 쏘아보던 집주인. 그 프랑스 여자의 눈길과 "아웃" 하고 외치던 앙칼진 목소리를 생각하면 아직도 모멸감이 인다.

우리가 단일민족이라고 배웠던, 이제는 농담같이 들리는 말이 있다. 지구촌이라는 어휘가 익숙해지면서 국제결혼의 장단점을 언급하는 것이 띠동갑 나이 차이의 결혼에 대해 말하는 것보다 더 어색해졌다. 인간은 99.6%의 동일한 염색체며, 인종이라고 나눌 수 있는 차이는 전혀 없다고 오래전에 과학이 증명했다. 인종 전시장 같은 나라 호주에 오래 살아서 피부색에 대한 편견 같은 건 없다고 생각했던 나의 내면에 우리와 비슷한 색깔을 가진 동남아인에 대해서도 선입견이 버젓이 자리해 있지 않았던가.

피부색이란 겉옷에 불과하다는 건 너무나 당연한 사실이다. 그런데도 그에 대한 인식의 변화가 왜 이리 더딜까. 인종에 관한 한국인의 편견이 만만치 않다는 통계가 있다. 변하는 세태와 발맞추지 못하는 나 같은 사람들. 그들 때문에 내 아이들은 기내에서 단잠을 잘 수 없고 세계 곳곳에서 하얀 가면을 쓴 검은 피부의 경찰은 유색인에게 곤봉을 휘두르고 있는 건 아닌지.

"육체여, 항상 그대에게 질문하는 인간이 되게 하소서."

서른여섯에 백혈병으로 떠난 프란츠 파농의 기도다.

(계간수필 2019년)

지구야 미안해!

외출 후 집에 들어올 때면 현관에 닿기도 전에 마스크에 손이 간다. 얼른 벗고 싶다. 코로나19 상황에서 무엇보다 불편하고 적응하기 어려운 것이 나에겐 마스크 착용이다. 고질병인 비염 탓도 있겠지만 호흡기에서 나간 공기가 몸의 세월을 품은 채 다시 기도로 들어오는지 숨 쉬는 것이 영 개운치 않다. 해 질 녘에 접어든 나이는 관계의 망에서 한 발 물러나게도 했지만 돌보고 있는 손자가 내 주된 관심거리가 되고 보니 거리두기나 비대면 같은 문제는 뒤로 밀려난다.

며칠 전 길에서 우연히 들여다본 유모차에 겨우 여섯 달 되었다는 아기에게 마스크가 씌워져 있었다. 측은해 눈을 뗄 수 없었으나 말똥히 나를 바라보는 눈에는 불편한 기색이 없다. 몇 해 전 미세먼지로 마스크를 쓰기 시작할 때 손을 내젓는 손자에게 우격다짐을 했는데 어느 사이 아이는 그것을 낀 채 훌쩍 자라 내 것까지 챙긴다. 마스크는 가벼운 외출복인가 싶더니 이제 명줄을 의탁하는 방공호가 되었다.

사십여 년쯤 되었을까. 이태리 밀라노 중앙역 플랫폼에서 물병으로 보이는 것을 들고 '아쿠아'라고 외치며 뛰어다니는 청년을 목격하고 어리둥절했던 기억이 있다. 그때만 해도 우리 기차역에서는 붉은 망에 든 사과나 삶은 계란을 사라고 외치며 뛰어다니는 사람들은 있었지만 물을 판다는 것은 상상조차 할 수가 없었다. 마실 수 있는 물은 공기처럼 무제한으로 주어지는 게 아니었던가. 이제는 여행지에서 물을 사는 것을 당연하게 여긴다. 그게 언제부터였는지. 머지않아 공장에서 생산된 공기가 아니면 호흡하지 못하는 날이 온다고 해도 터무니없는 말이라 반박할 수 없을 만큼 변화가 일상이다. 빠르게 잊고 새롭게 주어지는 것에 적응해야 한다. 눈 밝은 자본이 멋지게 꾸릴 상품으로 공기를 상상하게 되다니.

장난감과 게임기를 친구삼아 자라고 있는 아이를 지켜보아야만 하는 날이 얼마나 지속될 것인가. 우리가 쉽게 지워버린 우물물이나 수돗물처럼 가슴까지 채워주던 청량한 공기와 영영 멀어지게 되는 것은 아닐지. 반가움에 와락 안아 보거나 손을 덥석 잡은 기쁨을 더 이상은 누리지 못하려나. 답 없는 물음만 이어진다.

내셔널지오그래픽 매거진에 '세계적 유행병과 사투를 벌이다'라는 표제와 함께 '치명적인 감염병의 확산을 막는 과정에서 우리가 배운 교훈'이라는 글이 실려 눈길을 끌었다. 책에는 로마 시대, 천연두로 추측하는 안토니우스의 역병과 오천만 명의 목숨을 앗아간 비잔틴제국의 페스트, 현재까지 진행 중인 에이즈를 그래픽으로 보여주었다. 인류가 거쳐 온 질병이 한눈에 들어왔다. 역사의 흐름을 바꿀 만큼 최악이었던 집단발병 중 단지 몇몇이라 했다. 도표 외에도 콜레라나 에볼라 등 수많은 역병과 치료제에 관한 기사가 실렸다. 역경의 늪을 건너오는 동안 우리의 유전자에 새겨졌을 투쟁이나 극복 같은 끈질긴 생명력이 글에 드러나 있다. 허술하다 여겨 온 내 안에도 이런 단단함이 자리하고 있다니 조금은 위안이 된다.

질병의 원인인 미생물 역시 정상적인 생물 번식의 산물이며 인간의 의지와 지속적인 관심으로 다스릴 수 있다는 긍정적이고 합리적인 서구 사상을 대변하는 기사였다. "이 일은 우리가 단순히 극복만 해서는 되는 일이 아니다. 지구 어딘 가에서 다음 죽음의 천사가 벌써 날아오르고 있기 때문이다."라는 섬뜩한 마지막 문장. 눈앞에 까마귀 떼가 어른거린다. 아무리 눈의 초점을 맞추어도 보이기는커녕 감지조차 할 수 없는 미세한 바이러스. 그들은 왜 몸담았던 거처에 머물 수 없었을까. 미생물이 인류에게 의탁할 때면 죽음의 천사가 날아왔다고 인간은 아우성친다. 만물의 영장이라는 단어가 무색하다.

'지각운동으로 끊임없이 생성하고 소멸되는 살아있는 지구'라는 말을 텔레비전에서 처음 들었다. 그 순간 내 안에 갇혀있던 '살아있음'의 영역이 확장되며 지구라는 행성이 새롭게 다가왔다. 산길을 들어서거나 곱게 채색된 산야를 바라보면 마음이 편안해지던 푸근함을, 더러 태풍이나 홍수가 매정한 손길 같던, 의아해하던 느낌에 주어진 해답이었다. 그 말을 떠올릴 때면 돌멩이 하나도 예사롭지 않았다. 이 지구라는 생명체가 더 이상 버틸 수 없는 지경이 되어 스스로의 생존을 위한 자정 노력이 기상이변이며 감염병이라 한다. 터무니없는 비약이면 좋으련만.

전염병이 대부분 미생물의 반란이라는 것을 알게 된 후에도 이 폭동의 원인을 제공했을 우리는 그들의 터전을 돌려주려는 시도는 해보았던가. 백신으로 무장하고 마치 점령군인 양 지배하려 들지는 않았던가. 아이가 사는 동안 변하게 될 환경이나 역병에 대한 할미의 걱정은 자신의 사유가 미치지 못하는 거대 담론까지 기웃거리며 반성을 하게 만든다.

집 안 청소를 하다 말고 문득 스치는 생각에 고개를 드니 내 집의 가전제품과 일회용 상품들이 비웃듯 나를 쳐다본다. 네 바퀴에 의존해 살아 온 세월은 또 얼마인가. 지구를 살려야 한다고 높였던 목소리에 실렸던 위선. 공기 빠지는 풍선처럼 의지의 힘이 스르르 풀린다. 자연과의 교감을 단절시켰다며 온전히 이해하지도 못하는 서양 철학에 눈을 흘기고 첨단과학에 불평했던 나. 병든 지구라며 걱정했던가.

지구야 미안해!

미생물만큼이나 작아지고 실속 없는 상품의 구겨진 포장지 같아 보이는 내가 거기에 있다.

(계간수필 2022년)

솔방울

밤톨보다 조금 큰 솔방울 하나를 두고 혼란에 빠졌다.

자동차 문을 여니 운전석 옆 좌석에 솔방울 하나가 눈에 띄었다. 잠시 그것이 왜 거기 놓였는지 영문을 몰라 어리둥절했다. 혹 차창이 열렸나 하고 살필 만큼 기억에 없었다. 그런데 곰곰이 생각해 보니 며칠 전 손자와 공원에 갔을 때 아이가 주워 온 것을 무심히 던져둔 것 같았다.

맞벌이하는 작은 아들네 손자를 어린이집에서 데리고 와 제 부모가 올 때까지 내가 돌봐준다. 일주일에 닷새, 그것도 하루에 서너 시간이면 되는데 뭐 그리 어려울까 싶었지만 생각처럼 만만치가 않았다. 아이의 발육에 따라 감당해야 하는 움직임이 힘에 부치기도 하지만 무엇보다 아이의 기발한 사고와 끝없는 상상력은 일정한 방향도 없이 튀어 느슨하게 풀어져 더는 늘어날 길이 없는 내 생각의 범주로는 도무지 감당이 어려웠다. 날씨가 풀리면서 조금 수월해졌다. 놀이터에 데려다 놓으면 또래들과 어울려 시간 가는 줄을 모른다. 놀이터에 아이들이 보이지 않으면 근처 공원으로 데리고 가 시간을 보낸다. 나무들에게 말을 걸게 하고 나뭇잎이나 도토리 깍정이 같은 것을 주워 함께 무언가 만든다. 때로는 솔방울을 주워 소나무 가지를 향해 던지곤 한다.

그날 아이가 내게 건네준 솔방울은 그동안 우리가 보아왔던 것과 달리 새끼손가락 마디 정도의 크기로 비늘같이 생긴 겉껍질이 꼭꼭 여며져 나뭇가지로 던질 수가 없어 들고 있다가 그대로 차로 가져왔던 모양이다. 어두운 자동차 시트 색과 비슷해 눈에 띄지 않았는데 비늘 같았던 것이 활짝 펼쳐지니 크기도 곱절이나 되었고 색도 밝아져 의자에 놓인 게 확연히 드러났다. 한낮에 뜨겁게 달구어진 차 안에서 생장의 연속으로 짐작되는 활동을 멈추지 않았다는 생각이 들어 자꾸 눈이 갔다. 비늘 하나하나에 깨알 같은 씨앗과 얇고 부드러운 날개가 붙어 있는 게 신기했다. 이미 땅에 떨어졌던 솔방울이 가지에 매달려 있을 때처럼 생장 활동을 계속할 수 있는 게 경이로웠다.

　인터넷 검색으로 금방 내 무지가 드러났다. 솔방울은 무려 13개월이나 나무에 달려 있는데 제가 품고 있던 씨앗이 날아간 후에야 떨어진다고 했다. 습기가 많으면 비늘이 닫히고 건조하면 열린단다. 수분의 증발을 막기 위해 오므라들고 열리는 것을 이용해 가습기를 만들 정도로 솔방울에 대한 것이 보편적으로 알려져 있다고 하니 내 무지에 낯이 뜨거워졌다.

　여전히 풀리지 않는 의문이 남아 있다. 외부의 환경에 반응한다는 것을 통틀어 생명체의 활동이라고 보기는 어렵지만 솔방울의 비늘이 열린다는 것은 단순한 환경에 대한 적응이라기보다 생명체가 번식을 위해 움직인 것이 아닌가. 솔방울이 건조해지면 자연히 열린다 해도 그것이 번식을 향한 것이라 하면 상상이 지나치다 할까. 떨어져 땅에 뒹굴면서도 축축한 지면의 습기를 빌어 씨앗을 키우고 차 안에 갇혔어도 열기에 의존해 기어이 제 일을 해내는 솔방울이 예사로 보이지 않는다.

　생명에 대한 정의는 광범위하고 모호해 단정적으로 말하기 힘들다. 다만 생명체의 공통적인 특징의 하나로 유전 물질을 다음 세대로 전달하여 자손을 생산하고 환경의 변화에 적응하며 진화하는 게 아닌가. 살아있다는 것은 자신의 DN A에 새겨진 대로 활동하는 것이라 알고 있다. 나뭇가지로부터 분리되었던 솔방울이 그랬던 것처럼.

며느리에게 둘째는 어떻게 할 계획이냐고 물었더니 고개를 젓는다. 자연의 모든 생명체에 있는 번식에 대한 본능적 반응과는 달리 인간에게 자손이란 더 이상 생의 목적은 아닌 것 같다. 우리에게는 언젠가부터 행복을 향한 욕망이라는 DNA가 더 뚜렷이 각인된 것이 아닐까. 그것을 동력으로 손에 잡히지 않는 행복을 향해 과학이라는 가파른 계단을 오르고 또 오른다. 과학은 상상으로나 가능했던 일들을 하나씩 요술 부리듯 현실로 만들어가고 있다. 처음에는 주저하거나 미심쩍어하던 것들에 차츰 익숙해지고 그것들이 주는 편리함에 길들여진다. 그만큼 지불해야 할 비용도 늘어나 행복이라는 목적과는 달리 사는 게 고달파진다. 이것이 결혼과 아이를 포기하게 했다면 너무 단편적인 생각일까.

과학이 가져온 고령화와 저출산의 문제로 세계 곳곳에서 머리를 마주하고 있다. 경제적인 측면이 드러나고 있지만, 인류의 미래에 대한 걱정이 슬며시 드는 것은 솔방울을 본 탓일 거다. 언젠가는 인간의 힘에 부치게 될지도 모를 첨단

과학이 인류의 미래를 보장해줄 수 있으려는지. 번식을 향한 강인한 솔방울의 움직임은 지금 우리가 어디로 가고 있는지 깊은 생각에 잠기게 한다.

차에 있던 솔방울을 씨앗이 빠져나가지 않도록 두 손으로 받쳐 들고 임산부 모시듯 조심스럽게 소나무 가지에 얹어 주었다. 제 할미가 하는 양을 신기하게 쳐다보는 아이. 훗날 아이가 행여 생명을 이야기할 때가 오면 이 솔방울을 기억해 주었으면 좋겠다.

(중수필 문학 2017년)

라면 냄비 받침

별 뜻 없이 인사로 건네는 말이 있다. 가령 '언제 한번 봅시다.'라든가 '식사나 한번 합시다.' 같은 말이다. 이런 말들이 나에게 익숙해지기까지 꽤나 오래 걸렸다.

신혼 초였다. 남편이 친구와 헤어지면서 "언제 식사나 한번 합시다." 하는 것이 아닌가. 나는 우리가 그를 초대한 것으로 생각해 제대로 요리도 할 줄 모르는데 어쩌나 하고 무척 걱정했다. 당시 우리는 출국을 앞두고 있었고 날짜가 며칠 남지 않아 마음이 급해졌다. 남편에게 빨리 날짜를 정하라고 재촉했더니 그는 자기가 한 말을 기억도 못 하는 게 아닌가. 실망이 컸다. 그가 무책임한 사람으로 보였다. 이런 사람을 의지해 머나먼 나라로 간다는 것이 허방을 짚는 일처럼 여겨졌다. 그는 오히려 그러는 나를 이해할 수 없다 했고 이 것이 첫 부부싸움으로 이어졌다.

이젠 나도 특별히 마음에 두지 않은 말을 곧잘 한다.

십 년 넘게 다니고 있는 체육관에는 50여 년을 오로지 색소폰만 연주했다는 분이 있다. 근처에서 색소폰학원을 운영하고 있는 분이다. 연세도 있는데 늘 정중하게 인사를 해 나도 나름대로 "언제 한번 멋진 음악 들려주셔야지요."로 응대했다. 의외의 적극적인 그분의 반응에 오히려 난처해졌다. 날짜만 잡으면 언제든 들려주겠다지 않은가. 양재천변에서 저녁에 공연이 있는 날을 알려주며 꼭 오라니, 거절할 명분도 없었지만 오랜만에 재즈를 들어도 좋을 것 같았다.

오십 대가 되면서 친구들이 갱년기 증상으로 힘들어할 때 나는 그것을 몸으로 겪지는 않았지만 특별한 이유도 없이 들끓는 내면을 다스리는 일은 쉽지 않았다. 그때 내가 의지했던 것이 재즈였다. 재즈가 어떤 음악인가. 흑인들의 한과 절망 속에서 피어나 그들의 울분을 삭여주던 음악이 아닌가. 그즈음 이 년 정도면 끝낼 수 있으리라 생각했던 옷 장사가 십 년을 넘기고 있었다. 산다는 일에 지치면서 부딪히는 갈등을 무언가로 다독여야 했을 때 내게 다가온 것이 재즈였다. 주로 늦은 밤 시간대였던 라디오 방송은 빠트리지 않았고 공연장소를 수소문하고 다녔을 정도다.

그 열정도 육십을 넘기면서 잦아들었다. 시간은 내가 걸을 수밖에 없었던 길과 타협하게 했고 내가 처한 상황을 점차 긍정적으로 받아들이게 되면서 재즈에 치우쳤던 뜨거운 마음 또한 서서히 식어갔다. 당시에 재즈를 색소폰이나 트럼펫으로 연주되는 곡들을 많이 접했던 터라 그가 색소폰 연주를 들려준다는 것을 나는 재즈공연으로 착각했다.

오십 명이나 될까. 양재천변에 만들어진 공연장에는 저녁 운동이나 산책을 나온 사람들이 여기저기 흩어져 있었다. 체육관에서 함께 운동하는 친구들과 동행했다. 그다지 내켜 하지 않는 사람까지 억지로 끌다시피 해 그곳에 도착했을 때는 꽤 나이가 들어 보이는 남자분이 연주하고 있었다. 내 예상과는 달리 대중가요였다. 청중들은 연주곡보다 옆 사람과 이야기에 열중하고 있는 듯 분위기가 어수선했다. 그 곡이 끝나자 앞자리에 앉아 있는 몇 사람이 열광적으로 박수를 보냈다. 연주에 비해 박수 소리가 후했다. 가족이거나 친구들의 격려가 아닌가 싶었다. 문득 지난해 내가 출간한 수필, 그 책으로 칭찬을 받고 잠시 우쭐했던 일이 떠올랐으니.

우리를 초청했던 분은 마지막 연주자로 무대에 섰다. 하얀 재킷을 입고 나비넥타이를 매었는데 체육관에서 대해 왔던 모습과는 많이 달라 보였다. 그는 테너 색소폰으로 '미스티'를 연주했다. 어느 드라마에 삽입되어 대중적으로 알려진 곡이다. 세월이 느껴지는 노련함으로 때로는 격정적인가 하면 섬세하고 부드럽게 음을 끌고 가는 것이 앞의 연주와는 확연히 달랐다. 가슴으로 들어와 한참을 머물곤 하던 오래전에 즐겨듣던 음악이었다. 일순 조용해졌다. 그러나 한 곡이 끝나자 청중은 조금씩 수런거리기 시작했고 신청곡을 받겠다고 하자 잡담 소리가 더욱 커졌다. 그는 테너 색소폰과 소프라노 색소폰을 함께 들고 동시에 연주하기도 했다. 연주자는 열정적으로 음악에 자신을 몰입시키고 있었으나 그 음악에 몇이나 귀 기울이고 있었을까. 음악은 잠시 쉬어가는 자리의 흘러가는 배경에 불과한 색소폰 소리였을 뿐이었다.

하필 그때 언젠가 읽은 적이 있는 수필 한 편이 떠오른 건 무슨 연유인지. 아버지가 친구들에게 선물하라며 준 수필 책들이 아들 방에 그대로 있어 무척 섭섭했었는데 이유를 알고 보니 지난번에 친구에게 준 아버지의 책이 라면 냄비 받침으로 사용되고 있었기 때문이라는 내용이었다.

생의 후반기에 들면서 마음을 의탁했던 수필. 그곳에 담았던 내 삶의 자취가 라면 냄비 받침이 될 수도 있다는 게 처음에는 편치 않았다. 그러나 곰곰이 생각해 보니 그 냄비에 담긴 라면 한 그릇만큼이라도 따뜻하게 마음을 채워줄 글 한 편이라도 내 책에 실렸는지, 부끄러움을 피할 수가 없었다.

색소폰 소리가 유난히 우울하게 들리는 건 라면 냄비 받침을 떠올리게 하는 내 마음의 소리였기 때문이었을 게다.

(2017년)

자아의 감옥

언제라고 딱히 단정할 수는 없지만 눈에 띄는 어머니의 변화는 그 선언 이후부터가 아닌가 싶다. "이제 노인정에 안 갈란다."

처음부터 노인정에 대해 그다지 후한 평을 내리지 않았던 분이었기에 그대로 흘려들었다. 매일 화투나 치고 두 사람만 모이면 남의 험담을 한다면서 그곳을 못마땅해하셨지만 이태 정도 꾸준히 드나드셨는데 그 말씀 이후 발길을 끊으셨다. 거기서 무슨 일이 있었는지, 함구하셨다. 아침이면 동네 공원으로 산책을 나가고 불경을 필사하면서 한동안 별문제가 없었다.

원체 말씀이 많은 분은 아니었지만 눈에 띄게 말수가 줄어

들고 툭하면 거울 앞에 멍하니 서 계신다고 어머니를 모시고 있는 동생이 걱정했지만, 없는 일도 만들어가며 몸을 움직이던 분도 구순을 눈앞에 두니 체력에 한계가 온 것이라 넘겨짚었다.

어느 날부터 당신의 온몸에 돋아나 있는 게 안 보이느냐며 역정을 내시고 화장실을 사용한 후엔 매번 소독을 하신다 했다. 젊었을 때부터 유난히 청결을 강조했던 분이라 무심히 들어넘겼다. 내가 하는 집안일 어느 것 하나도 눈에 들지 않는다며 늘 당신이 해주셔서 나는 제대로 하는 일이 하나도 없을 정도여서 어머니의 행동이 정상적이지 않다는 데 생각이 미치지 못했다.

처음 '그 몹쓸 병'에 대해 언급하셨을 때는 초기 치매 현상일 수 있겠거니 짐작했다. 어머니 눈에만 보이는 그 병의 징후에 대한 걱정을 들어드리려 피부과를 시작으로 종합검진을 거쳐야 했다. 병원을 옮겨가며 여러 번 진단을 받았지만 의사의 말을 믿지 않으셨다. 80여 년 전 어머니의 외삼촌이 일본 유학 도중 '그 몹쓸 병'에 걸려 돌아가셨는데 그 피가 당신의 몸에 흐르고 있으니 감염된 것이 틀림없다 하셨다. 당신의 뜻을 잘 내세우는 분이 아닌데 피부병에 대한 확신을 누구도 깨트릴 수가 없었다. '그 몹쓸 병'이 나병이었다.

병원에 다니신 지 일 년 정도 지나자 다행히 병은 어느 정도 나아가고 있다고 믿게 되었으나 피해의식이 그 자리를 대신해 나타났다. 엄하기만 했던 당신의 아버지와 늘 밖으로 돌았던 남편을 원망했다. 과거의 모든 일에 대해 부정적으로 단정을 내리며 흘리는 눈물과 회한을 속수무책 바라보고만 있어야 했다. 혹 동생이나 내가 어머니의 기억을 정정하려거나 다른 시각으로 보도록 설득하려 들면 불같이 화를 내셨다.

그동안 간간이 회상하셨던 것으로 미루어 보면 당신이 어렸을 때 어머니가 돌아가셔서 한동안 외갓집에서 지내셨다. 당시 외갓집은 행랑채에 머슴을 여럿 둔 상당히 부유한 집안이었다. 일본으로 유학 갔던 큰외삼촌이 '그 몹쓸 병'으로 돌아가신 것이 그때쯤이었다. 당시의 나병에 대한 편견을 유추해보면 외갓집에는 그 아들 아래도 여러 자식이 있었으니 내놓고 슬퍼할 수도 없는 엄청난 사건이었으리라. 어미 잃은 어린아이를 보듬어 줄 경황이 있었겠는가. 그 두려움과 충격을 오롯이 홀로 감내해야 했던 어린아이. 그러나 아이는 큰 탈 없이 그 시기를 통과했다.

80여 년이 지난 후 느닷없이 당신의 기억 속에서 '그 몹쓸 병'을 끌어낸 연유가 무엇인지, 혹 노인정에서 무슨 일이 있었던 것인지, 남들처럼 주어진 환경과 타협하며 거기에 적응해갈 수 없는 자신에 대해 돌아보게 된 것인지 도무지 알 수 없었다.

프로이트에 의하면 모든 행동의 기저에는 원인이 있다지 않는가. 방어기제의 작용으로 무의식 깊숙이 가라앉아 있던 것이 이제 스스로 제 존재를 내보인 것이리라. 그렇지만 그 오랜 세월 잘 보관되었던 것들이 하루아침에 불쑥 포장을 풀어헤치듯 실체를 드러내었다면 이유가 분명 어딘가 있을 텐데도 아둔한 나는 가늠할 길이 없다.

남편을 먼저 떠나보내고 자식까지 가슴에 묻어야 했던 어머니. 꼿꼿했던 허리가 굽기 시작했고 눈가에는 겹겹이 고통의 주름이 접혔지만, 그동안 무의식의 벽은 견고하게 자리를 버티고 있었던 모양이다. 외갓집의 회오리 속에서 울 수도 없었던 불안했던 시간과 어린 나이에 각인된 나병에 대한 두려움을 억누르며 그것에 의해 형성되었을 강한 자의식이 세월의 억센 힘에 더는 버틸 수 없었나 보다. 한동안 어머니를 사로잡고 있었던 회한과 눈물은 그 감옥에서 벗어나기 위한 치유의 과정이 아니었나 싶다.

이제는 눈물을 보이거나 지난날들을 돌아보지 않으신다. 그러나 입버릇처럼 "오래 살아 미안하다." 하신다. 속박의 굴레에서 벗어 나오기는 했으나 힘든 과정을 거치면서 어머니는 몸도 마음도 너무나 쇠약해져 웅크리고 계시면 예닐곱 아이 같은 몸피다. 그 모습은 외갓집의 어린아이를 떠올리게 한다.

요즈음 무의식과 치매의 관계에 대해 많은 생각을 한다. 우리가 인지하지 못하고 있는 몸과 마음의 상처들이 담겨 있을 무의식의 세계. 길어지는 수명과 무의식에 대한 사념들이 다가오는 날들에 대한 불안을 불러오며 깊은 잠을 방해한다.

(에세이21 2019년)

멍에, 사랑의 다른 이름

마침내 매장을 닫았다. 두 해를 염두에 두고 나선 일에 두 해의 열 곱절보다 더 많은 시간을 보내고 나서야 마침내 문을 닫고 나선다. 이제 다른 일이 나를 기다린다.

적잖은 고정고객이 찾아주는 매장을 특별한 이유 없이 닫기가 쉽지 않았다. 단골들의 만류나 노후라는 복병도 머뭇거린 이유였다. 이미 은퇴할 시기를 넘어선 나이도 결단을 요구하고 있었지만, 마음이 달려가는 곳이 생기면서 조급해지기 시작했다. 일터에 머무는 시간이 한없이 지루해졌다.

내가 입점해 있는 상가의 영업팀이 그곳을 대형백화점 아울렛으로 만들겠다는 계획으로 매장들을 철수시키기 시작한 것이 이태 전부터였다. 웬만한 백화점보다 훨씬 규모가 커서 자주 들르는 고객들도 때때로 매장 위치를 헷갈리기도 했던 상가였는데 지난해 가을부터 군데군데 불을 밝히고 있는 매장들이 마치 점점이 떠 있는 섬처럼 보였다.

그런데 매출이 오히려 좋아졌다. 상가의 상황이 단골들의 눈에도 더는 오래 갈 것같이 보이지 않아 마음을 조급하게 했던 것 같다. 겨울이 되면서 혹독한 추위에 사람보다 매장이 더 을씨년스러워지더니 매출이 눈에 띄게 주저앉았다. 여전히 버티고 있는 노후라는 무게를 떨쳐내기 쉽지 않았지만 이미 마음이 떠난 터라 결단을 내리기가 한결 수월했다.

불을 끄고 나서면서 나 자신에게 마지막 결재 도장이라도 찍는 것처럼 텅 빈 매장을 두 번이나 목이 꺾이도록 돌아보았다. 그리고 어머니한테 전화했다. "그래! 고생 많았다." 어리광을 부리고 싶어졌을까. 나는 그 말을 꼭 어머니에게서 듣고 싶었다.

자의 반 타의 반이라던가. 떠밀리듯 들어섰던 옷 장사에 살아온 날들의 삼 분의 일이나 지불했다. 남편의 도산으로 아이들의 불안해진 눈빛에서 성급히 내디뎠던 첫걸음. 짙은 어둠 속을 두 눈을 부릅뜨고도 앞이 흐릿해 헤매던 날들이 있었다.

조금 이르다 싶게 큰아이가 결혼했다. 그때는 아이의 결혼을 도와줄 경제적인 여력도 없었지만, 아이 역시 어미에게 기대려 들지 않았다. 결혼 절차에 관한 모든 일을 어머니에게 맡기고 결혼식에는 하객처럼 참석했다. 그런데도 큰일을 치른 것처럼 안도의 숨을 쉰 건 무슨 연유였는지. 작은 아이가 결혼 말을 끄집어내었을 때는 "벌써?"가 내 첫 마디였다. 제 형과 일곱 살이나 차이가 나 늘 어린아이로 여기고 있었는데 어느 사이 서른에 와 있었다. 그때는 어느 정도 여유가 생겨 도와주려 했지만, 아이가 고개를 저었다. 이번에도 모든 절차의 준비는 어머니의 몫으로 미루었다. 내가 한 일이라고는 아들이 마련해 준 한복을 입고 남편과 나란히 서서 하객들과 인사를 나누는 것뿐이었다.

주례 앞에 의젓하게 서 있는 막내. 제 아이를 옆에 두고 처와 나란히 앉아 있는 큰아들. 가슴이 뭉클해졌다. '무사히 터널을 빠져나왔구나.'라는 생각에 가슴이 벅차오르기도 했다. 그 순간 어머니가 눈물을 흘리고 계신 것이 눈에 들어왔다. 갑자기 목울대가 따끔거리고 눈앞이 흐려졌다. 번뜩 스쳐 가는 것이 있었다. 아이들의 오늘이 있기까지 있었을 누군가의 세심한 손길, 늘 가까이 계셔서 그 존재가 내겐 당연한 것으로 받아들여졌던 어머니. 산다는 일에 치어 자식의 나이조차 제대로 기억하지 못하는 무심한 어미의 자리를 채워주고 계셨던 분이 있었다는 걸 내게 실린 무게가 가벼워진 후에야 깨닫는 게 아닌가. 아직도 나는 어머니의 멍에였다.

아이들의 불안한 눈빛을 내가 보았던가. 그보다 더 크게 흔들리고 있었을 당신의 딸아이인 나의 눈빛을 보셨을 내 어머니. 그것이 어머니에게는 불안을 넘어 공포였을 것을 짐작조차 못 했다. 너무나 당연하게 여겨져 예사로 흘려들었던 여러 말이 떠올랐다. "할머니! 체육복 어디 두셨어요?" "엄마! 할머니 언제 오세요?" 늘 '할머니'였다.

제 어미를 찾아야 할 때면 할머니를 부르며 사춘기를 보내고, 진학 문제로 힘들었을 시기에도 나에게 의지하려 들지 않는 아이들을 보면서 미욱한 내가 단정했던 것은 환경의 변화에 따른 자립심이었다. '잃는 것이 있으면 얻는 것도 있다.'고 전해 들은 말이었다. 어머니의 등에 지워졌을 짐의 무게는 내 관심에서 멀어져 있을 만큼 어머니의 존재는 내게 자연스러운 일상이었다는 것을 뒤늦게 깨달았다.

맞벌이하는 작은 아들네에 아이가 태어났다. 며느리의 출산휴가가 끝난 후 어린이집으로 가야 하는 손자를 애틋하게

바라보는 아들이 마음에 걸려 다시 등이 무거워졌다. 삼십 년 가까이 전념했던 매장에서 멀어진 마음이 머물러야 할 곳은 마땅히 어머니의 웅크린 등이어야 하는데 손자가 있는 유치원이 아닌가. 자식은 어미에게 영원한 멍에인가 보다.

사랑의 다른 말, 멍에를 향해 나는 기꺼이 달려간다.

(그린에세이 27호 2018년)

후줄근한 장갑

방 하나를 창고 비슷하게 쓰고 있는데 거기에 있는 자게로 된 삼층장 서랍을 도장을 찾기 위해 오랜만에 열어보았다. 서랍에는 뉴질랜드에서 사 왔을 것 같은 같은 하얀 색의 벙어리장갑과 거의 새것으로 보이는 자주색 가죽장갑이 나란히 놓여있었다. 장갑을 사용하지 않은 지 오래되어 언제부터 장갑들을 거기에 넣어두었는지 헤아리기가 어렵다.

요즈음은 옛날만큼 장갑을 많이 사용하는 것 같지가 않다. 예전에는 겨울이면 당연히 코트의 한쪽 주머니를 차지하던 필수품이기도 했지만 누구에게나 한두 개쯤의 기억에 가닿아 추억을 소환해 주는 따뜻한 물건이 아니었던가.

여자가 남자에게 마음을 전하는 선물로 곧잘 애용하던 라

이터가 있었는가 하면 남자가 여자에게는 장갑을 주곤 하던 까마득히 멀어진 시절이 생각난다. 입꼬리가 올라가며 가슴을 훈훈하게 데워주는 날들. 가슴을 두근거리며 선물을 주고받던 날들로부터 얼마나 멀리 와 있는지.

하얀색 벙어리장갑을 보면 늘 떠오르는 것이 있다. 어머니의 심부름으로 간 시장. 무얼 샀는지 잊었지만 내 또래의 아이가 어머니로 보이는 여인과 함께 쪼그리고 앉아 밥을 먹고 있다가 돈을 받기 위해 손을 내밀었다. 그 순간 내 눈에 띈 것은 얼어 터져서 군데군데 피가 맺힌 손등이었다. 그 손등과 돈을 주기 위해 내밀었던 벙어리장갑을 낀 손. 어린 눈에도 그 대비가 예사롭지 않게 와 닿았던 모양이다. 장갑을 벗지 않아 미안했을까. 우물쭈물 어쩔 줄 몰라 뒤돌아 왔었다.

훗날 사는 일의 고단함을 생각하면 제일 먼저 그 손등과 벙어리장갑을 떠올리는 것은 여리고 곱던 마음에 각인되었던 그 대비가 오래도록 선명하게 남았기 때문이 아니겠는가. 그 아름답던 순수, 어디로 갔을까.

하얀 바탕에 빨간색 두 줄이 선명하던 벙어리장갑과는 대조적으로 누르께한 색상에 검지와 새끼손가락 끝부분이 살짝 구부러지고 여기저기 얼룩이 진 또 하나의 장갑이 있다.

이 장갑은 후줄근한 겉보기와는 다르게 밝은 웃음소리와 화창한 햇살을 불러온다. 벙어리장갑을 벗은 후 육십 년 가까운 세월이 준 선물이다. 주름과 검버섯으로 얼룩지고 관절염으로 구부러진 손가락은 지난날들의 나의 삶을 그대로 드러내는 피부로 만들어진 벗어버릴 수 없는 장갑이다. 가까운 친구들이 피부과를 들먹이며 등을 떠밀 정도의 모양새다.

몸의 다른 부분들도 세월과 함께 얼마나 많이 변했는지 옛친구들이 잘 알아보지 못할 정도다. 그래도 손에 비하면 잘 간수가 된 편이다. 돌아보면 학창 시절에는 꽤나 손에 대한 자부심이 있었다. 손가락이 긴 편인데다가 제법 뽀얗고 부드러운 손이었다. 손으로 하는 일에 뭐 하나 제대로 하는 것이 없었으니 웬만해서는 어머니가 집안일을 시키지 않으셨다. 어머니의 지청구 대신에 얻게 된 조금은 염치가 없는 손이기는 했다.

이제는 가능하면 손등을 보이지 않으려 애를 쓴다. 얼마나 힘들게 살았는지 알만하다는 듯이 측은하게 바라볼 시선이 부담스럽다. 이십여 년 외벌이였던 내 이력을 아는 사람들의 따뜻한 눈길이 민망스럽다. 치열한 삶이 가져다준 변형과 얼룩이라면 볼품은 없지만 그 보상으로 얻게 되었을 자부심으로 당당히 내놓을 수도 있으련만.

선뜻 내놓지 못하는 나의 손등에는 시드니 해변의 강렬한 햇살을 시작으로 알래스카로 가는 하이웨이를 겁 없이 운전대를 잡았던 날들의 기억이 새겨져 있다. 거기에 자만심이 보태어졌으니, 의사의 말을 흘려들어 관절이 삐걱거리도록 방치한 탓이다. 또한 십여 년을 테니스 선수 못지않게 투자한 시간의 기록이기도 하다.

그러나 이 초라한 장갑이 가져다준 기억들을 뒤적이는 일은 명화를 보거나 음악을 듣는 즐거움과도 바꾸고 싶지 않다. 그 시간에 담겨 있는 젊음과 무모함 그리고 설렘과 웃음소리, 행복이라 불러도 좋을 날들을 생각하면 이 장갑에게 고마워해야 할 지경이다.

도장을 찾으러 들어간 방안에서 방금 발견한 벙어리장갑과 나란히 한쪽 손을 올려놓고 멀거니 바라보는데 문득 스쳐가는 것이 있다. 이 손을 누구에게도 자랑스럽게 내밀 수 없는 것은 아마도 여기에는 순수를 밀어내고 나만의 즐거움을 좇아간 이기심이라는 이름이 자리하고 있기 때문일 것이다.

(그린에세이 36호 2019년)

어깨동무

그가 떠났다니 믿을 수가 없었다. 그의 부음을 듣는 순간 '설마' 하는 마음이 없는 것은 아니었는데도 가슴이 덜컥 내려앉고 다리가 후들거렸다.

잠깐 자리를 비운 사이에 나에게 걸려온 전화를 함께 일하는 직원이 받았더니 제 어머니의 휴대폰에 저장된 번호로 알려드린다면서 그의 부고와 장례식장을 전해온 것이었다. 어처구니가 없기도 했지만, 머리가 텅 비기라도 한 것처럼 멍해졌다. 이름을 재차 확인하자 직원은 자기가 무슨 잘못을 저지르기라도 한 것처럼 미안해했다. 아무래도 믿기지 않아 그의 휴대폰과 집 번호로 연결을 시도해 보았지만 부재중이었다. 부재가 부고와 연결된 것 같아 다시 가슴이 내려앉았다. 이번에는 그의 소식을 전해 들었을 친구에게 전화했다. 역시 연결되지 않았다. 어쩔 줄 몰라 안절부절못하는 나를 지켜보던 직원이 그제야 생각난 듯 알려준 장례식장으로 전화를 걸었다. 그곳에서 알려주는 나이로는 그가 아니었다. 아! 그렇게 쉽게 알아볼 수도 있었는데 나는 왜 거기까지 생각이 미치지 못했을까. 비로소 안도의 숨을 내쉬긴 했지만 그래도 마음을 놓을 수가 없었고 또한 반드시 그의 목소리를 듣고 확인해야 안심이 될 것 같았다.

몇 사람을 거쳐서 그의 남편 휴대폰으로 어렵사리 그와 연락이 닿았다. 가슴을 쓸어내리며 한바탕 웃었다. 이제 한차례 죽었다가 다시 살아났으니 명은 길겠다는 농담을 주고받았지만, 문득 언젠가 우리는 서로의 부재를 확인하게 될 것이라는 데에 생각이 미치자 유쾌하게 웃을 수만은 없었다.

동명의 고객이 있다는 것을 생각해낸 것은 한참이나 지난 후였다. 고객들에게 이따금 문자를 띄우곤 하는데 그 고객의 휴대폰에 내 번호가 저장되었던 모양이다.

이제 막 죽음으로 몰고 갔던 그와 나 그리고 부고를 확인하려 했던 또 한 친구, 우리는 이십여 년 전부터 수필이라는 공감대로 가까워진 사이다. 나이도 비슷한데다 사는 곳도 그리 멀지 않아 자연스레 가까워졌다.

돌이켜보니 지난 이십여 년을 이상하리만치 우리는 비슷한 생의 경로를 걸어왔다. 물론 상황도 다르고 정도의 차이는 있었지만 한바탕 휘몰아친 생의 소용돌이에 휘말리면서 그때까지 일구어온 삶의 터전이 허물어지는 것을 지켜볼 수밖에 없었다. 동병상련이라 해야 할까. 어쩌면 그것이 우리를 더 가깝게 해주었을 것이다.

맨 먼저 광풍에 휘말린 것은 나였다. 내가 어렵사리 어두운 터널을 벗어나려 할 즈음에 남편의 직업이나 직책으로 보아 돌다리보다 더 안정적으로 보였던 친구가 한순간 모든 것을 잃어버리고 망연자실해 있었다. 그리고 얼마 지나지 않아 도무지 걱정이라고는 없어 보였던 또 한 친구의 한숨 소리가 들려왔다.

그러나 어려움에 대처해 선택한 우리의 길은 서로 달랐다. 남편을 대신해 망설일 겨를도 없이 생활로 뛰어들어야 했던 나와는 달리 한 친구는 남편에 대한 신뢰의 끈을 놓지 않고 불안으로 짓눌리는 마음을 다잡으며 남편이 스스로 일어설 수 있도록 돕는 길을 택했다. 그리고 또 한 친구, 그는 서울 생활을 청산하고 서울에서 한 시간 남짓 떨어진 시골로 옮겨가 남편과 손을 맞잡고 생활의 터전을 일구었다. 늘 전원생활을 그리워했던 그는 꿈을 찾는 길을 선택했던 게 아닌가 싶다.

누구에게나 한 번쯤은 생의 전환점이 찾아오기도 한다. 그 변곡점에 이르러 신중하게 멀리까지 내다볼 수 있는 지혜가 누구에게나 주어지는 게 아님을 이 친구들로 인해 알게 되었다. 그리고 그때의 나의 선택에 때때로 회의하곤 한다.

소주 '처음처럼'의 글씨체가 '어깨동무체'라는 독특한 이름으로 불린다고 한다. 얼마 전에 타계하신 신영복 교수의 필체라는 것을 무지한 나는 최근에 알았다. 어깨동무를 하고 있는 것 같은 모습으로 획의 굵기와 필세의 리듬에 변화가 많은 것이 특징이란다.

나의 인지기능이 얼마나 간사하고 허술한 것인지 '처음처럼'을 보면서 처음으로 깨달았다. '처음처럼'을 한 번도 눈여겨보지 않았지만 그 글씨체가 내 눈길을 끈 적도 없었다. 그런데 『감옥으로부터의 사색』과 『더불어 숲』을 읽고 난 후에는 그 글씨체가 약간 울퉁불퉁해 보이기도 하고 한쪽으로 비스듬히 기울어진 것도 같으면서 서로를 받쳐주며 가지런히 서 있는 것이 마음까지 끌었다. 여태 눈여겨보지 않았다는 것이 오히려 이상할 정도로 독특했다. 아마도 저서를 읽은 영향이 컸겠지만, 그 글씨를 보면서 내가 떠올린 것은 고뇌로 다져진 마음의 근육이다. 비슷한 높이로 어깨를 나란히 해야 하는 어깨동무는 고만고만한 크기의 아픔으로 다져진 마음들이 어깨를 겯고 서로의 공간을 조금씩 양보하는 모양새로 보였다.

내가 죽음으로 몰고 갔던 친구가 한번 모이자고 한다. 소주를 잘 마시지는 못하지만 이번에는 '처음처럼'으로 잔을 채우고 지난 이십여 년 굴곡의 시간 동안 다져졌을 마음의 근육들을 나란히 어깨동무하고 수필마당을 향해 건배를 해도 좋을 것 같다.

(현대수필 2016년)

인생 뭐 있나요?

"인생 뭐 있나요? 이렇게 살면 되지."

텔레비전을 보다가 붙들린 말이다. 트럭에 온갖 종류의 물건을 싣고 산간벽지를 돌아다니며 장사를 하는 중년 남자가 내뱉듯 던진 말에 내가 잡혔다. 그가 다니는 곳에는 나이 든 분들만 남아 집을 지키고 있다. 마을이 번성하던 시절에는 쉽게 물품을 구할 수 있는 상점들이 있었겠으나 이제는 무엇 하나 아쉽지 않은 것이 없는 노인들이다. 그는 상품을 팔면서 그분들을 누님이나 부모님처럼 다독이고, 더는 기다릴 일이 많지 않은 노인들은 그를 기다린다. 장사란 이윤이 목적이기도 하겠지만 그는 정을 주고받는 것을 더 큰 보람으로 여기는 사람으로 보였다. '인생 뭐 있나요. 이렇게 살면 되지.' 자주 들어왔던 말인데 유독 그날 나를 사로잡은 것은 며칠 전 친구 집에서 본 박카스 한 상자 때문이다.

'설거지하면서 매일 보는 전경'이라는 문자와 함께 사진 한 장을 받았다. 맑은 하늘을 배경으로 유람선으로 보이는 배 한 척이 떠 있는 바다 그리고 가까이는 비닐하우스가 있다. 그사이에 빨간 지붕과 제법 규모가 커 보이는 건물도 있어 아주 한적한 곳은 아니지만, 그런대로 평화롭게 보인다. 잘 지내고 있으니 안심하라는 말 대신 보낸 사진으로 읽힌다. 친인척은커녕 아는 사람 하나 없는 제주도로 그가 떠난 지 이제 겨우 한 달 남짓이다. 집을 계약하고 와서도 줄곧 너무 좋다더니 이젠 쉴 틈도 없이 바쁘다고 했다. 그러면서도 빨리 오라고 거듭 재촉한다.

그와 나, 이십년지기 친구다. 백화점에서 매장할 때 업종은 다르지만 그 역시 장사를 하고 있었고 어려운 일이 있을 때마다 함께 했던 사람이다. 백화점이 매각된 후 우리는 쫓겨나다시피 철수해야 했고 지금 내가 있는 아울렛으로 함께 왔다. 벌써 십여 년 전 일이다. 이곳에서 비교적 무리 없이 영업을 해 온 나와는 달리 매출이 저조해 내내 힘들어하더니 지난 3월 매장을 접고 제주도로 떠났다.

미혼인 그는 겁이 많고 마음이 여리다. 누가 쳐다보기만
해도 밤잠을 설치곤 하는 사람이 아무 연고가 없는 제주도로
가겠다고 했을 때 처음에는 얼마나 답답해서 저런 말을 할까
싶어 잠깐 만류하다가 그만두었다. 그러나 시간이 지날수록
그의 결심은 단단해졌다. 믿기지 않았다. 젊은 시절부터 품
어왔던 외국에 대한 막연한 환상이 엉뚱하게도 제주도로 귀
착된 것이려니 짐작하며 설득하는 걸 포기할 수밖에 없었다.

점심 한 끼 사먹는 것도 혼자는 쑥스러워 차라리 굶고 만
다는 사람이 어떻게 낯선 곳에 정착하려는지 걱정스러웠다.
다행히 성당에서 좋은 분들을 만났다고 해 마음이 조금은 놓
였다.

'연한 배 같다'는 말은 그에게 적합한 표현이지 싶다. 정이
많고 누구에게나 사근사근하게 다가가고 제 생각을 내세우
지 않아 쉽게 사람들과 가까워졌다. 제 주장이 강한 나에게
는 더할 나위 없는 좋은 친구였다. 그런 사람이 훌쩍 떠나버
려 한동안 나는 막막하기까지 했다. 늘 가까이 있어 그가 얼
마나 살뜰하게 나를 챙겨주었는지 새삼 피부로 와 닿았다.

며칠 전 그 친구를 만나러 갔다. 공항으로 나온 그의 얼굴
을 본 순간 이곳에서의 생활이 녹록지 않았다는 것을 직감할

수 있었다. 감기 몸살을 심하게 앓고 있으면서도 내게 알리지 않았다. 여행을 취소할까 걱정스러웠던 모양이다. 늘 운전에 의존하던 그가 제주도 온 후 처음으로 차를 몰고 나왔다지 않는가. 이삿짐이 잘 정리되어 있었다. 그런데 거실 겸 식당인 마루에 박카스 한 상자가 볼썽사납게 덩그러니 놓여 있어 손님이 다녀갔나 했더니 택배기사에게 주려고 사다 놓았다는 게 아닌가. 그 상자 하나가 왜 이리 오래도록 마음에 남아 있는지.

제주도로 떠나겠다고 했을 때 내가 알고 있는 그의 경제 사정이 불안을 가중시켰다. 그는 그다지 경제적인 여유가 없었다. 그렇다고 아무 일이나 할 수 있을 만큼 체력이 좋은 것도 아니라 마음이 무거웠다. 그의 성격으로는 저축이 쉽지 않았다. 누구를 만나도 늘 먼저 대접하려 들었고 주위의 어려운 사람을 그냥 지나치지 못했다. 돈으로 가까워지는 친구는 오래 갈 수 없다거나 자신의 노후부터 먼저 준비하라고 아무리 당부해도 건성으로 흘려들었던 사람이다. 두 개를 지키고 있기보다는 나누어 줄 누군가를 찾아내어야 하는 그의 옆에서 때론 내가 냉정하고 몹쓸 사람으로 여겨지기도 했다. 영화나 음악회, 뮤지컬은 물론 여행도 곧잘 떠나곤 했으니.

줄어드는 매출이 그의 씀씀이를 감당할 수 없을 것 같아 절약하는 게 좋겠다는 충고를 자주 하였으나 고마워하면서도 그의 씀씀이는 그다지 줄어들지 않았다. 보살펴야 할 자식이 없는 것으로 절제하지 못하는 이유를 이해할 수밖에 없었다.

내가 오기 전까지 기름값을 아끼느라 자동차를 세워놓을 상황에 와 있으면서도 택배기사에게 줄 박카스를 준비해 놓고 있는 그에게 내심 화가 났다. 형편에 맞추어 시원한 물 한 잔을 대접할 수도 있지 않느냐는 속엣말을 삼켰다. 의기소침해지는 모습을 보면 더 부아가 치밀 것 같아 걱정을 안고 돌아와야 했다.

그런데 텔레비전에서 나오는 말 한마디. 그 말에 가슴이 뻥 뚫리는 것 같았다. 한순간 내 걱정이 우스워졌다. 자신의 성품대로 정 나누며 살면 되지 않겠는가. 산다는 일에 그것보다 더 큰 이유 같은 것이 있으려나 싶기도 했다.

이렇게 합리화하면서 마침내 내 안에 든 나의 모습을 보게 되었으니. 그에 대한 걱정에서 벗어날 마땅한 구실을 찾아낼 만큼 나는 매사에 자기중심적이며 이기적인 사람이라는 걸 깨달았다.

(에세이21 2017년)

미소, 그 경이로운 언어

　오랜만에 답사가 밴드에 떴다. 긴 팬데믹으로 잊고 있었던 터라 공지에 설렘까지 담긴 것 같다. 일정에서 개심사와 서산 마애불을 보는 순간 몸 상태와는 상관없이 마음이 먼저 달려가지 않던가. 개심사는 오래전부터 가보고 싶던 절집 중 하나였으나 계단이 많다는 것 때문에 망설여왔는데 이번에는 그마저도 앞서는 마음을 막지는 못했다.

　지난해 연말 이집트로 발령을 받은 큰아이가 가족을 남겨두고 홀로 떠난 후 나는 자주 잠을 설쳤다. 아들이 원했던 곳이기는 하지만 코로나의 위세가 가라앉은 것도 아니고 치안도 불안할 이집트라 도무지 마음이 놓이질 않았다. 그곳이 예상과는 달리 안전하다고 거듭 전해오지만 내 불안은 좀체 줄어들지 않아 뜬눈으로 밤을 지새우는 날이 많았다. 아들은 전에도 내게 쓸데없는 걱정을 끼고 산다며 투덜거리곤 했지만, 어미 마음이란 게 쉽사리 변하던가. 그 무기력한 상태에서 잠시라도 벗어나고 싶은 심정이 답사로 달려가게 한 이유 중 하나였으리라. 무모하게 감행한 일의 후유증은 한동안 자리보전이라는 처방으로 남았으나 다행히 마음은 한결 가벼워졌다.

답사의 시작은 나지막한 산의 발치에 자리한 추사 김정희 고택이었다. 원래는 53칸이었다지만 안채와 사랑채 사당만 단출하게 남은 옛집을 외모 준수한 추사의 초상화가 지키고 있었다. 추사가 큰아버지의 양자로 보내지기 전 유년 시절을 보낸, 그의 파란 많은 삶 중 가장 행복했을 나날을 간직하고 있는 집이 아니던가. 정갈한 선비의 집에 고여 있을 어린 추사에 관한 생각에 눅눅하고 후줄근하던 마음이 조금은 펴지지 않았나 싶다.

다음 목적지는 청벚꽃으로 유명한 상왕산 개심사다.

도무지 끝이 날 것 같지 않은 돌계단을 한발 한발 오를 때마다 무릎으로 전류가 흐르는 듯하더니, 휘청거리는 다리가 한 걸음 떼기도 어려울 지경에 이르러서야 들어선 경내. 절

집이 주는 차분함에 앞서 움찔했던 것 같다.

종루를 시작으로 곳곳에서 마주한 허리 휜 소나무 기둥들. 지붕을 받치고 있는 모양새에 자연스레 떠오르는 건 쟁기를 끌고 있는 농부의 등이다. 빈손으로 다섯 자식을 갈무리해야 했던 내 아버지의 등이 눈앞에 있다. 어찌 아버지뿐이랴. 빈곤과 전쟁을 거쳐 온 우리네 선조들의 휜 허리와 구부러진 등이 지붕을 업보인 양 짊어지고 있는 것일 터. 사찰이란 어차피 삶을 위무하는 공간이 아니던가. 절의 이름에 따라 먼저 마음의 문을 열고 두 손을 모으며 몸을 조아려야겠지만 친정에 온 것마냥 그대로 주저앉아 한참 동안 내 미련함을 부려놓았다.

황량하게 터만 남아 오히려 아름다운 폐사지, 소리 없는 울림으로 가득한 보원사지를 거쳐 마지막 답사지로 향했다. 서산 용현리 마애여래삼존상으로 달려가는 마음은 궁금증으로 분주했다.

삼십여 년 전 그곳에 잠시 들른 적이 있었다. 불자도 아닌 내가 산을 오른 것은 말로만 들어 온 백제의 미소에 대한 호기심 때문이었으리라. 한적한 산길을 올라 늦은 오후에 본 돌부처에 대한 희미한 기억은 갑자기 걱정거리를 불러온다.

세 개의 불상 중 가운데 부처는 인자한 미소까지 보일 만큼 양각이 선명했으나 옆에 선 보살들은 가까이 다가서서 보아야 식별할 수 있을 정도로 형상이 흐릿했던 것 같다. 오래지 않아 지워질 것 같은 안타까움이 들지 않았던가. 조바심이 일었다. 잘 계시려나.

천년을 훌쩍 넘긴 백제의 불상. 방석 위에 단정히 정좌한 부처님께 다가가기에는 검은 기와지붕의 위용에 지레 주눅이 들 민초들을 위해 산을 업고 비바람 속에 서 있는 부처가 아닌가. 석공의 손은 잡고 바위에서 한걸음 내디딘 마애불. 온 정성을 다해 부처를 가운데 모셨지만 힘에 부쳐 보살들을 온전히 보살피지 못했던 것일까. 높은 기와지붕에 움츠릴 중생이 드물어진 시대가 아닌가. 거기에 산의 형편도 예전과 달라 마모나 부식의 횡포도 만만치가 않으니 서둘러 자연으로 돌아가려는 건 아닐까. 나의 좁은 소견머리를 자비로 무량할 부처에게 이입시키다니. 잡다한 상념 속에서 산을 올랐다.

그런데 이게 무슨 조화인가. 눈앞에는 세 분 마애불의 선연한 자태다. 가운데 부처의 온화한 미소는 여전했고 내 걱정과는 달리 보살들 역시 굳건히 자리를 지키며 나를 지긋이 내려다본다. 쓸데없는 걱정을 떨쳐내지 못하는 내 안의 내가 다시 고개를 내민다. 해넘이 시간대 날씨와 빛의 영향을 감안하지 않았든지 아니면 기억의 오류였는지 가늠할 길이 없어 가까이 다가가 보살의 가장자리를 보고 또 본다.

그때다. 환한 햇살 아래서 빙그레 웃으시는 보살 곁에 선 본존여래는 따스한 미소로 나직하게 이른다. "염려 내려놓으시게."

형태에만 연연하는 나에게만, 걱정 보따리 내게만 들렸으려나. 아들의 환한 미소가 보이는 것 같다.

축축하던 마음이 보송보송해지고 내딛는 발걸음은 구름에 실린 듯하다. 하루의 마감을 장식하는 홍시 빛 석양은 덤이었으리.

(계간수필 2022년)

이춘희 수필집

우연.
삶의 여백